「一週間でシスベル様を取り戻して帰国する。それで終わりだ」
the War ends the world / raises the world
キミと僕の最後の戦場、あるいは世界が始まる聖戦 9
燐《リン》・ヴィスポーズ
Rin Vispose
『王宮守護星』でありながら、アリスの侍女をもこなす稀有な星霊使い。土の星霊とメイド服の下に隠し持っている暗器を巧みに操り、暗殺者としても凄腕

「暴れるな、ピントがずれる」
「……すっごい変なこというけど。誤解されそうな写真」
イスカ
Iska
帝国軍第907部隊に所属する、元使徒聖の少年剣士。ヒュドラの策略で捕らわれたままのシスベルを追いかけ、帝国へと帰還することに……

the War ends the world / raises the world

「燐あなた、イスカと距離が近すぎではなくて？」
アリスリーゼ・ルゥ・ネビュリス9世
Aliceliese Lou Nebulis IX
ネビュリス皇庁第2王女。帝国軍襲撃事件を受け負傷したネビュリス女王の代理として、国家転覆を狙うヒュドラ家やゾア家と相対する

the War ends the world / raises the world

CONTENTS

キミと僕の最後の戦場、あるいは世界が始まる聖戦９

細音 啓

ファンタジア文庫

2961

口絵・本文イラスト　猫鍋蒼

キミと僕の最後の戦場、あるいは世界が始まる聖戦 9

the War ends the world / raises the world

Shie-la So hec jeek.
どうか振り向いて。

E r-nemne elma Ez suo lishe, r-harp riss phenoria uc Seo.
あなたが愛しいと思うすべてを恵み、わたしはあなたを育んできた。

Ris sia sohia, Ez xedelis fert Ez lihit siole.
あなたが真に望んでいたものを、思いだして。

機械仕掛けの理想郷

「天帝国」

イスカ

Iska

帝国軍人類防衛機構、機構III師第907部隊所属。かつて最年少で帝国の最高戦力「使徒聖」まで上り詰めたが、魔女を脱獄させた罪で資格を剥奪された。星霊術を遮断する黒鋼の星剣と、最後に斬った星霊術を一度だけ再現する白鋼の星剣を持つ。平和を求めて戦う、まっすぐな少年剣士。

ミスミス・クラス

Mismis Klass

第907部隊の隊長。非常に童顔で子どもにしか見えないがれっきとした成人女性。ドジだが責任感は強く、部下たちからの信頼は厚い。星脈噴出泉に落とされたせいで魔女化してしまっている。

ジン・シュラルガン

Jhin Syulargun

第907部隊のスナイパー。恐るべき狙撃の腕を誇る。イスカとは同じ師のもとで修行していたことがあり、腐れ縁。性格はクールな皮肉屋だが、仲間想いの熱いところもある。

音々・アルカストーネ

Nene Alkastone

第907部隊のメカニック担当。兵器開発の天才で、超高度から徹甲弾を放つ衛星兵器を使いこなす。素顔は、イスカのことを兄のように慕う、天真爛漫で愛らしい少女。

璃洒・イン・エンパイア

Risya In Empire

使徒聖第5席。通称「万能の天才」。黒縁眼鏡にスーツの美女。ミスミスとは同期で彼女のことを気に入っている。

魔女たちの楽園

「ネビュリス皇庁」

アリスリーゼ・ルゥ・ネビュリス9世

Aliceliese Lou Nebulis IX

ネビュリス皇庁第２王女で、次期女王の最有力候補。氷を操る最強の星霊使いであり、帝国からは「氷禍の魔女」と恐れられている。皇庁内部の陰謀劇を嫌い、戦場で出会った敵国の剣士であるイスカとの、正々堂々とした戦いに胸をときめかせる。

燐・ヴィスポーズ

Rin Vispose

アリスの従者。土の星霊の使い手。メイド服の下に暗器を隠し持っており、暗殺者としての技能も高い。表情が乏しく何を考えているか分かりづらいが、胸の大きさにはコンプレックスがある。

シスベル・ルゥ・ネビュリス9世

Sisbell Lou Nebulis IX

ネビュリス皇庁第３王女で、アリスリーゼの妹。過去に起こった事象を映像と音声で再生する「灯」の星霊を宿す。かつて帝国に囚われていたところを、イスカに助けられたことがある。

仮面卿オン

On

ルゥ家と次期女王の座を巡って争うゾア家の一員。真意の読めない陰謀家。

サリンジャー

Salinger

女王暗殺未遂の咎で囚われていた、最強の魔人。現在は脱獄している。

キッシング・ゾア・ネビュリス

Kissing Zoa Nebulis

ゾア家の秘蔵っ子と呼ばれる強力な星霊使い。「棘」の星霊を宿す。

イリーティア・ルゥ・ネビュリス9世

Elletear Lou Nebulis IX

ネビュリス皇庁第１王女。外遊に力を入れており、王宮をあけていることが多い。

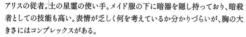

Prologue　『おかえりなさい』

「——」

手首と足首に、強い痛み。

もがこうとしても全身がまるで動かない。そんな圧迫感《あっぱく》と窮屈感《きゅうくつ》が、シスベルの意識を呼び覚ました。

「……ここは？」

ひどく喉《のど》が痛い。

唇《くちびる》がカラカラに乾《かわ》いているのは、それくらい長い間、眠《ねむ》らされていたからだろう。

「ここは……どこですか……」

瞼《まぶた》を開ける。

シスベル・ルゥ・ネビュリス９世は、仰向《あおむ》けに寝《ね》かせられていた。錆《さ》びた手錠《てじょう》で手足をベッドに繋《つな》がれているせいで、まるで身体《からだ》が動かせない。

——古く汚《きたな》い小部屋。

天井《てんじょう》の照明は、もう何年も前に壊《こわ》れたものだろう。

窓は木板で封鎖《ふうさ》され、明かりと呼べるのは、木板の裂《さ》け目から差し込んでくるわずかな光のみ。

「…………」

コンクリートの壁《かべ》は罅《ひび》割れて、隅《すみ》には大きな蜘蛛《くも》の巣《す》が張っている。

ベッドに括《くく》りつけられた自分には見えないが、おそらく床《ゆか》には分厚い埃《ほこり》の層が積もっているに違《ちが》いない。

……王女たるわたくしに、こんな陰湿《いんしつ》な部屋を用意するなんて。

……ずいぶんと挑発《ちょうはつ》的な振《ふ》る舞《ま》いですわね。

少しずつ記憶《きおく》が戻《もど》っていく。

意識を失う直前まで、自分《シスベル》はネビュリス皇庁《おうちょう》の中央州にいたはずなのだ。王家『太陽《ヒュドラ》』の拠点《きょてん》に囚《とら》われて、そこに魔女《まじょ》ヴィソワーズがやってきた。

〝あたしらに従うかぎり命は保証してあげるわ。シスベルちゃんの星霊《せいれい》は便利だし〟

〝……何をさせる気ですか〟

〝それは目が覚めてからのお楽しみ〟

そこで記憶がぷつりと途切《とぎ》れている。

今こうして目が覚めて――

あのヴィソワーズの不穏《ふおん》な宣告が、じわじわと胸を締《し》めつけてくる。

……もしや、意識を失っている間に。

……わたくしはまた別の場所に移動させられたのですか？

太陽《ヒュドラ》はいったい何を企《たくら》んでいる？

王女シスベルに宿る『灯《ともしび》』の星霊に利用価値があると。そうだとして、薄気味悪《うすきみわる》いこの部屋に連れてきたことと関係があるのか？

「……誰《だれ》かいないのですか！　どうせどこかに監視《かんし》カメラなど仕込んでいるのでしょう、わたくしの声も聞いているはず！」

ベッドに仰向けに寝かせられた体勢で声を振り絞《しぼ》る。

埃だらけの空気のせいで喉が痛むが、それもお構いなしだ。

「わたくしを懐柔《かいじゅう》したいのなら、多少はマシな部屋を用意したらどうですか。この拘束《こうそく》も解きなさい！」

もっとも。

最上級ホテルの部屋を用意されたとしても、太陽《ヒュドラ》に従う気はさらさらないが。

「聞いているのですか！」

「利用？　はて？　何か勘違《かんちが》いしているな」


キィ……

錆びついた金属が擦《す》れる音と共に、扉《とびら》が開いていく。

現れたのは年上の女性だった。

「初めまして。そしてお帰りなさい」

「…………」

「人見知りするタイプだな。散々吼《ほ》えていたのに、私が来た途端《とたん》に黙《だま》るなんて」

くすんだ赤――

もう何年も櫛《くし》を通していないような臙脂《えんじ》色の髪《かみ》をした女だ。

肌《はだ》はいかにも栄養失調といった土気色。目元には睡眠《すいみん》不足の隈《くま》が大きく浮《う》き出ている。

色あせた白衣を肩《かた》に引っかけた姿は、一見すれば医者か研究者のようではあるが……

……何ですか、この女。

……すごく嫌《いや》な感じ。わたくしを見下ろすそのまなざしが。

虚《うつ》ろなのだ。

通り道に捨てられた空《あ》き缶《かん》を見下ろして、そのまま過ぎ去る通行人のような目。

「……聞きたいことが山ほどあります」

その女を見上げ、シスベルは口を開いた。

「わたくしのお願い《リクエスト》に応えて来て下さったのでしょう。ならば教えて頂けますか」

「どうぞ。答えるかどうかは私の気分次第だが」

「ここはどこですか」

間髪《かんはつ》をいれずに。

相手の返事を待つこともなく、シスベルは立て続けにまくしたてた。

「あなたは誰ですか。わたくしをここに閉じこめた理由は何ですか。いつまでわたくしを、こんな不自由な目に遭《あ》わせるつもり。……そして何より、『お帰りなさい』とはどういう意味ですか！」

「一つ目の問いからして不明瞭《ふめいりょう》だな」

黒いズボンのポケットに手を突《つ》っ込《こ》んだ姿で、白衣の女がぼそりと口にした。

「国名を答えろというのなら、ここは帝国《ていこく》だ」

怒《いか》り。

驚愕《きょうがく》より先に込み上げたものは、

太陽《ヒュドラ》、そして当主タリスマン。

皇庁の姫《ひめ》たる自分を、よりによって帝国に売り渡《わた》したというのか！

「この施《し》設《せつ》に関して聞きたいというのなら後述」

「……後述？」

「お前の最後の問いと関係するからね。そして二つ目の問い。私が何者かという点について、あいにく自己紹介《しょうかい》する気はないが」

コツッ、と。

白衣をはためかせて女が近づいてくる。

ベッドに押さえつけられた自分の目の前まで――いや、それ以上に。互《たが》いの顔が触《ふ》れるほどに顔を近づけて、こちらを覗《のぞ》きこんで。

「帝国軍星霊研究機関『オーメン』、研究主任……だったこともある」

「？」

「もう辞《や》めた。いまの私はケルヴィナ・ソフィタ・エルモスという無所属の女研究者だ。ああいや、女という肉体的特徴《とくちょう》もさほど自覚はないが」

互いの鼻先が触れあう距離《きょり》で。

シスベルの胸元に何かが触れた。

「――ひっ⁉」

「何を驚《おどろ》く。まだ触診《しょくしん》だけじゃないか」

ケルヴィナと名乗った女研究者。その指先が、自分の胸を弄《まさぐ》るように触れていることに、思わず悲鳴が口を突いて出た。

「や、やめなさい！　無礼者……！」

「やはり姉《イリーティア》に似ているな」

「え？」

「星紋《せいもん》のエネルギーが極めて微弱《びじゃく》。始祖の末裔《まつえい》はどれもこれも強い星霊エネルギーを放出していると思われたが、第一王女《イリーティア》とお前にはあてはまらないらしい」

女研究者が身を起こす。

自分《シスベル》の胸――より正確には胸元の星紋に触れていた手を、再び無造作にポケットに突っ込んで。

「三つ目への答えだ。お前がここにいる理由は『研究サンプル』だから。いつまでというのは不明確だな。あえて言うなら私が満足するまで」

「…………」

言葉が出ない。

胸に触れられたという恥辱《ちじょく》以上に、研究物《サンプル》扱《あつか》いされた以上に、この女研究者が口にした名前に対してシスベルは驚愕を抑《おさ》えきれなかった。

イリーティア。

ルゥ家の第一王女の名前が、なぜこんな奇妙《きみょう》な女から出るというのか。

「ここは『魔女』を生みだす地。ヴィソワーズとも逢《あ》ったそうじゃないか。お前をここに運んだ子だよ」

「……魔女ですって？」

魔女とは、星霊使いに対する帝国側の蔑称《べっしょう》だ。

帝国の蔑称を適用するなら自分《シスベル》も魔女だし、ネビュリス皇庁に暮らす一般《いっぱん》市民の大半が魔女・魔人《まじん》にあてはまる。

だが――

ケルヴィナが口にした「魔女」は、それとはまるで異質の意味をもつ。

人間をやめた星霊使い。

すなわち伝説上の「災いをもたらす怪物《かいぶつ》」としての魔女だ。

……魔女を生みだす地。

……まさか、ではヴィソワーズがあんな姿になったのは。

非道の人体実験が行われていた？

それも、この帝国で。

「ヴィソワーズはよく出来た子だよ。ここで生まれた最初の安定型被検体《ひけんたい》だからね」

「帝国人がっ！」

激昂《げきこう》が、囚われの身という恐怖《きょうふ》を凌駕《りょうが》した。

「わたくしたち星霊使いを魔女扱いしておきながら、自らあんな人外の怪物を生みだしていたというのですか！」

「お前の姉もだよ」

「…………え？」

「聞こえなかったかな。我が施設『エルザの棺《ひつぎ》』に、お前の姉イリーティアもいたんだよ。お前との違いがあるとすれば、あの女は自ら志願したということ。魔女化の施術《せじゅつ》を受けるためにわざわざ皇庁からやってきたのさ」

「…………」

意味がわからない。

何を。

何を言っているのだ、この帝国人は。

ルゥ家の第一王女たる姉イリーティアが、自ら望んで帝国にやってきた？

「う、嘘《うそ》ですわ！」

「どうでもいいことさ」

ぼさぼさの赤髪を掻《か》きむしり、ケルヴィナが苦笑い。

「お前の姉は素晴らしかった」

そして、薄暗《うすぐら》い天井《てんじょう》を仰《あお》ぐように宙を見上げた。

過去に思いを巡《めぐ》らせるように。

「私は人間の肉体に興味がないが、あの女だけは別だ。なんて魅惑《みわく》的で扇情《せんじょう》的だろうね。あの裸体《らたい》は女神じゃない。あらゆる男を虜《とりこ》にする悪魔《あくま》のソレだよ……この私でさえ初めて目にした時は興奮のあまり指先が震《ふる》えたほどだ」

「……聞きたくないですわ。あなたの歪《ゆが》んだ嗜好《しこう》など」

「だが被検体としては最悪だった」

「っ⁉」

「イリーティアは、私の求める従順な被検体ではなかった。だからこそ代わりが必要でね。

純血種。さらに理想を言うならば、あの女と同じ血を引くもの――」

白衣が跳《は》ね上がる。

左右にずらりと並ぶ注射器。そして淡《あわ》く発光する薬剤《やくざい》の入った注射筒《シリンジ》が。

「そう、お前だよ第三王女シスベル」

「なっ⁉」

「だから言ったのだよ。『お帰りなさい』と。あの女の血を引く妹なら、さぞ良質な抗体《こうたい》研究ができるだろう。さ、どれから注入してほしい？」


帝国領、？？？、『エルザの棺』。

魔女《まじょ》の生まれる地に、王女の悲鳴が響《ひび》きわたった。

Chapter.1 『魔女の楽園の外へ』

1

中央州――

ネビュリス王宮に近い都心部のホテル、その一室で。

「あれ、おかしいなぁ？　音々《ネネ》のどこしまったんだっけ？」

帝国軍第九〇七部隊の一人である音々は、開きっぱなしのスーツケースを見下ろしてしきりに首を傾《かし》げていた。

音々・アルカストーネ。

ボリュームのある赤髪《あかがみ》を結わえたポニーテールに、大粒《おおつぶ》の瞳《ひとみ》が印象的な少女だ。

快活で人なつこい笑顔。まだ十五歳という年齢《ねんれい》ながら、すらりと伸《の》びた肢体《したい》は大人びた少女モデルのような雰囲気《ふんいき》がある。

そんな音々が。

「何度数えても、一枚足りないし……」

「どうしたの音々ちゃん？　さっきから何か捜しもの？」

近づいてきたのは女隊長のミスミスだった。

早熟感のある音々とは対照的に、こちらは二十二歳という大人ながら十代中頃《なかごろ》のような

あどけない風貌《ふうぼう》だ。

「もうすぐ出発の時間だよ。ホテルのロビーで燐《リン》さんと待ち合わせだし」

「待って隊長！　もうちょっと、もうちょっとだけ捜させて！」

「何が見つからないの？」

「タオル」

音々が答えたのは、あまりに素朴《そぼく》な品だった。

「帝国から持ってきたタオルがね、一枚見当たらないの」

「……あー。なんだタオルか。何事かと思って心配しちゃったじゃん」

ミスミス隊長がふっと苦笑い。

「アタシてっきり下着でも見つからないのかって思ったよ。アタシと同じで」

「隊長!?　今さらっとすごいこと言った!?」

「まああ。だから音々ちゃんも気にしないでいいじゃない。タオル一枚くらい、このホ

テルに残しておいても」

「……うーん」

「もしかして特別なタオルなの？」

「特別ってほどじゃないけど、音々の自家製なんだよね。いい出来だったから気に入ってたんだけど」

ばつの悪そうな表情で、音々が腕組《うでぐ》み。

「まあいっか。また作ればいいし。どれくらい燃えるか気になるけど」

「……燃える？」

「うん。これくらいの火で」

音々が取りだしたのはライターだった。

ぼっ、と小さな火を灯《とも》してみせて。

「これくらいの火を近づけただけで大爆発《ばくはつ》。このホテルのロビーくらい吹《ふ》き飛《と》ばせるから、自衛のために帝国《ていこく》から持ってきてたんだけど」

「自衛って破壊力《はかい》じゃないよ音々ちゃん⁉」

「誰《だれ》かに拾われてないといいけど……」

「今すぐ見つけて⁉　大至急！」

「でも見つからないんだよねー」

リンッ、と。

二人の部屋に呼びだし音が鳴り響いた。

「おい隊長《ボス》、音々。そろそろロビーに行くぞ」

廊下《ろうか》側から姿を見せたのは銀髪《ぎんぱつ》の狙撃手《そげきしゅ》ジンだ。こちらは左肩《ひだりかた》に旅行鞄《りょこうかばん》、そして右肩《みぎかた》には狙撃銃《そげきじゅう》を隠《かく》したゴルフバッグを背負っている。

そんなジンが、ひらりと一枚のタオルを取りだしてみせた。

「ついでに、俺とイスカの部屋にこんなのが落ちてたんだが、これ隊長《ボス》のか?」

「あーーーーーーっっ⁉」

ジンが拾ったタオルを指さして、音々が声を上げた。

「それだよそれ！　音々の！　そっか、さっき打ち合わせしてた時に——」

「何だ音々のか。妙《みょう》にボロいから隊長《ボス》のかと思ったが」

タオルを音々に手渡《てわた》す……

かと思いきや、ジンが歩いていくのはなぜか廊下の方だった。

「汚《よご》れてるから捨てるぞ。燃えるゴミでいいな」

「燃やしちゃだめぇぇぇぇぇっっ⁉」

「燃えないゴミにして！」

そんなジンを、音々とミスミスは大慌《おおあわ》てで止めたのだった。


ホテル一階、玄関《げんかん》前。

旅行客やビジネスマンで混雑するロビーの隅《すみ》で。

「…………システア？」

後ろから近づいてくる小さな足音に、イスカはちらりと片目を開けた。

天井を支える柱の隅――

そこにいたのは茶髪《ちゃぱつ》の少女だ。『こだま』の星霊《せいれい》を宿した星霊使いで、ルゥ家の従者の一人システアである。

そんな彼女が、驚《おどろ》いたようにきょとんと目を瞬《またた》かせた。

「……なぜ私とわかったのですか。今あなたは後ろを向いてましたよね」

「足音でわかるよ」

「いえ。その答えは予想できましたが、あなたに近づいてくる足音といっても、ルゥ家の従者は私一人ではありません。ナミやユミリーシャ、アシェ、ノエルの誰かでも不思議ではないのでは？」

「それはそうだけど」

当然とも言える問いかけに。

イスカは、何気なく肩《かた》をすくめてみせた。

「僕らもう一週間近くこのホテルで一緒《いっしょ》にいるし。そろそろ嫌《いや》でも覚えるさ」

「私たち五人の足音を、覚えたと？」

「足音っていうか歩調《リズム》。わざと早足にされたりしたらわかんないけど」

「変人」

「……もう少し前向きな褒《ほ》め言葉はないのかな」

「ルゥ家に仕える私が、敵国の兵を褒めるわけにはいきませんから」

実に容赦《ようしゃ》がない。

とはいえ、これが自分たちの正しい関係だろう。

ここネビュリス皇庁《おうちょう》という「魔女の楽園」で、自分たち《イスカ》帝国兵が過ごしていられることが異例中の異例なのだから。

「一応聞くけど、ホテル内で『敵国の兵』とか堂々と話してて平気？」

「もちろん私の星霊《ちから》で声を集約しています。私たちから五センチ離《はな》れたらもう何も聞こえませんよ」

彼女《システア》の『こだま』は音を集める星霊だ。

ヒュドラ家の星霊研究所である雪と太陽《スノウ・ザ・サン》でも、シスベルの居場所を探る探知機の役目を果たした。

「燐様から連絡《れんらく》がありました。じゃっかん支度に時間がかかっているが、じき到着《とうちゃく》されると。飛行機の便も予定どおりとのことです」

「君らは？」

「私たち従者一同は、あなた方がこのホテルを発《た》った後に、またあの隠れ家《セーフハウス》に戻《もど》ります。別荘《べっそう》の再建築には時間がかかるでしょうから」

「わかった」

「私たちのことよりシスベル様の身柄《みがら》です」

イスカの隣《となり》で――

茶髪の少女が、巨大《きょだい》な柱にそっとよりかかる。

「シスベル様が運びこまれたのは帝国領だと。間違《まちが》いないですね？」

「そう思う以外に手立てがないんだよ。僕らの唯一《ゆいいつ》の手がかりだ」

シスベルを攫《さら》ったのが、太陽《ヒュドラ》。

その王女ミゼルヒビィが自分《イスカ》に言ったのだ。これを狙《ねら》ってきたのでしょうと。

〝あの魔人《サリンジャー》が求めているのはコレでしょう？〟

〝奴《やつ》から聞きだしなさい。『グレゴリオ秘文』の存在をどうやって知ったのか〟


次期当主ミゼルヒビィ・ヒュドラ・ネビュリス9世。

あの王女が耳につけていた装飾品《アクセサリ》を、イスカは、一つ奪《うば》いとることに成功した。

……グレゴリオ秘文か。

……僕は聞いたことがないし、燐やアリスも知らなそうだったな。

太陽《ヒュドラ》だけの暗号だろう。

国家転覆《てんぷく》を狙った計画書である可能性が高いが、むしろ自分たちにとって大事な情報は、シスベルの連行先だ。

「絶対、取り返してくださいね」

少女が顔を上げた。

突《つ》きさすような強いまなざしで。

「あなたは言いました。シスベルを連れ戻すことができなければ僕の命をくれてやると」

「二言はないよ」

「ならば結構です。私は、その確認のために参りましたので」

茶髪の少女が身を起こした。

胸に詰《つ》まっていたものが取れたとでも言うように、大きく息を吐《は》きだして。

「そして燐様をよろしくお願いします」

「僕らがどうこうしなくったって、燐なら心配いらないだろ？」

「それもそうですね。強い方ですから」

システアがふっと苦笑い。

「王家の従者といっても千差万別です。私はしょせん雑用ですが燐様は『王宮守護星』。女王陛下から指名された雲の上の選良人《エリート》です。何も心配はありませんでした」

少女が踵《きびす》を返す。

廊下を歩いていく旅行客の中に溶《と》けこんで、その背中はすぐに見えなくなった。

残されたのはイスカ一人。

「……ミスミス隊長たち、まだかな」

星剣《せいけん》を隠したゴルフバッグを担いで、イスカはあたりを見回したのだった。

2

ネビュリス王宮。通称《つうしよう》「星の要塞《ようさい》」。

かつて無数の星霊が集まって結晶化《けつしよう》した城だ。多少の炎《ほのお》では外壁《がいへき》に煤《すす》一つつけることができず、砲弾《ほうだん》で傷ついても一晩で自動修復してしまう。

ルゥ家の住まいである「星の塔《とう》」も――

既《すで》に、外壁には傷一つない。

帝国軍の砲弾で炙《あぶ》られた壁《かべ》は完璧《かんぺき》に復元し終えている。

「この王宮の心配はいらないわ！　女王様《おかあさま》はまだ腕《うで》の傷が治ってないけど、わたしが見事に補佐《ほさ》してみせるから！」

星の塔。

王女の私室『鐘《シオン》の宝石箱』で、アリスは胸に手をあててそう叫《さけ》んだ。

「さあ燐」

「…………」

「あなたは本日正午に皇庁を飛び立つの。すべてはルゥ家と皇庁の未来のためよ。帝国に侵入《しんにゆう》なさい！」

「…………はぁ」

「頼《たよ》りにしてるわよ燐。この大役を担《にな》えるのはあなたを置いて他にいないわ！……って、どうしたの？　とても顔色が悪いわよ」

「……そう見えますか。そう見えますよね」

どんよりと。

今にも倒《たお》れそうなほど青ざめた顔色で、アリスの従者たる燐・ヴィスポーズは「はぁ」とため息をついてみせた。

ちなみにこれで本日十八回目の「はぁ」である。

「……アリス様」

「何かしら」

「私の一族は、代々王家の従者として仕えてきました。私の父や祖父も代々ルゥ家に仕えております。中でも私は現女王陛下に見初められ、次期女王の最有力候補たるアリス様に幼い頃《ころ》から仕えておりました」

「ええ、その通りよ」

燐の言葉にアリスは迷わず頷《うなず》いた。

「あなたがいてくれたから今の私がいる。本当に感謝しているわ」

「はい。アリス様のお力になりたく、従者としてはもちろん、私は命をかけた護衛としての訓練にも身を投じてきました」

ネビュリスの王族には二人の従者がいる。

一人は、身の回りの支度を任せられた侍女《ハンドメイド》としての従者。

もう一人が、王族の命を守る護衛『王宮守護星』だ。過酷《かこく》な修練を修めた星霊使いで、当主直々の最終試験に合格した者だけが登用される。

――燐は、それを一人でこなす。

異例中の異例なのだ。

ルゥ家、ゾア家、ヒュドラ家の三王家にも、王女の従者を一人でこなす者は、この燐をおいて他にいない。

「アリス様の幸せが私の幸せです。アリス様のお傍《そば》にいられるなら、それ以上に何を望むというのでしょう」

「ええ。わたしたち、とっても強い絆《きずな》で結ばれてるわ」

「ですが、これだけは言わせて頂きたいのです」

「燐？」

「な、ん、で、帝国《ていこく》に行くのが私なんですかぁぁぁぁぁっっっっ！」

そう叫ぶ燐は、暗色のスーツを着た外出用の出で立ちだ。

帝国に向かう旅行者としての服装である。

「……あぁ憂鬱《ゆううつ》です」

「シスベルを助けるためよ。せいぜい一週間くらいの辛抱《しんぼう》でしょう?」

「それは承知の上ですがぁ……」

燐が、がっくりと肩を落とす。

珍《めずら》しくも気落ちしている従者の手を握《にぎ》って、アリスは小さく頷いた。

「そんな顔しないの。ほら。これを預けておくから」

太陽を象《かたど》った装飾品《アクセサリ》を、燐の手のひらに。

ヒュドラ家の王女ミゼルヒビィがつけていたイアリングで、星霊《せいれい》研究所『雪と太陽《スノウ・ザ・サン》』でイスカが奪った代物だ。

この内部に、奇妙《きみよう》な集積回路《メモリチップ》が組みこまれていることもわかっている。

「イスカの目撃《もくげき》談だと、彼女はこれを『グレゴリオ秘文』と呼んでいたそうね?」

「はい。ヒュドラ家の機密かと思います。強力な暗号化《プロテクト》がかかっているため、閲覧《えつらん》するには専門機関での解析《かいせき》が必要になるかと。唯一見ることができたのが……」

「シスベルの連行先でしょう。だからあなたに頼《たの》むのよ」

皇庁《おうちょう》の外へ。

ルゥ家の第三王女シスベルは帝国へと連行された。ヒュドラ家が帝国軍と繋《つな》がっているのならあり得る話だ。

……帝国は純血種を欲《ほっ》してるわ。

……シスベルと引き換《か》えに、太陽《ヒュドラ》が帝国から何らかの見返りを得ようとしている？

事《こと》は妹だけではない。

帝国軍による王宮襲撃《しゅうげき》事件で、さらに二人が依然《いぜん》として行方不明のままなのだ。

ルゥ家――第一王女イリーティア。

ゾア家――当主グロウリィ。

まず間違いない。シスベルと同じく二人も帝国に連れ去られたと思われる。

「燐、これは窮地《きゅうち》ならぬ逆転劇と思ってほしいの」

「重々承知しております」

燐が唇《くちびる》を引き締《し》めた。

「シスベル様の『灯《ともしび》』の星霊なら、王宮襲撃事件の犯人も解明できるはずですから。必ず救出します。太陽《ヒュドラ》の陰謀《いんぼう》を暴くためにも……というわけだ」

燐が振《ふ》り返った。

リビングの隅《すみ》、燐とアリスのやり取りをじっと見守っていた少女に向けて。

「私が離《はな》れる間、アリス様のお側を任せた」

「は、はい……！」

年齢《ねんれい》はシスベルほどだろう。

まだあどけなさの残る顔立ちで、黒髪《くろかみ》を肩《かた》で切りそろえた小柄《こがら》な少女だ。その首筋に、星霊使いの証である星紋《せいもん》がうっすらと灰色の光を放っている。

分身を創りだす「影《かげ》」の亜種《あしゅ》。

「女王様からご命令は頂いています。アリス様のお側から燐様がいなくなれば、月《ゾア》や太陽《ヒュドラ》もすぐに気づく。不審《ふしん》がられるだろうと」

「一週間を見込んでいる。星霊術《せいれいじゅつ》を一週間も継続《けいぞく》するのはかなり苦しいだろうが」

「い、いえ！　全力を尽《つ》くします……！」

あどけない少女がお辞儀《じぎ》。

と同時に、ぱっと火花が弾《はじ》けた。糸がほどけるように少女の姿が崩《くず》れ始めて、代わりに、そこに茶髪《ちゃぱつ》の少女の姿が形成されていく。

鋭利《えいり》な相貌《そうぼう》に、家政婦調の服を着た「もう一人の燐」が。

「アリス様」

燐の声で。

「燐・ヴィスポーズ、これよりお供いたします……こちらでよろしいでしょうか」

「十分よ」

燐に変装した少女に、アリスは大きく頷いてみせた。

「声の抑揚《よくよう》に不自然さがあるけど、こんな些細《ささい》な違《ちが》いならまず気づかれないわ。一週間くらいなら問題ないはずよ」

ルゥ家の特務秘書官。

まだ幼いながらも、王家が「替え玉《デコイ》」役として登用した腕利《うでき》きの星霊使いだ。いつもは女王の替え玉《デコイ》だが、今回は燐になりかわる密命である。

「燐、どうかしら？　当のあなたから見て」

「…………」

家政婦の姿をした燐を、スーツを着用した燐がじっと眺《なが》める。

頭の先からつま先までを何度も何度も確かめて。

「問題ありません。強いていうなら、本物の私はもう少し背が高くて目鼻立ちも立派で、何よりも胸がもう少しあるはずです」

「……あ、あのぉ」

とても控《ひか》えめな口ぶりで。

燐に変装している少女が、済まなそうに俯《うつむ》きながら。

「あたしの姿は星霊術でお姿を写し取ったものなので……顔やお身体《からだ》も燐様とまったく同じはずなのです」

「――――」

「で、ですので……お胸の大きさが気になるということは、つまり」

「っ！　待ちなさい！」

少女が何を言わんとしているか。

それを察し、アリスは替え玉《デコイ》の少女に待ったをかけた。

「胸の話はそこまでよ！　これ以上は燐の自尊心に傷をつけるわ！」

「どういう意味ですかアリス様⁉」

「ただでさえ帝国行きで傷心してる燐をさらに傷つけるわけにはいかないわ！　燐の胸は、本物はもっと大きいことにしておきましょう！」

「むしろ余計に傷つきますよ⁉　アリス様の余計な気遣《きづか》いのせいで！」

「まあまあ燐」

顔を真っ赤にした従者の手を取って、別れの握手《あくしゆ》。

「あなたが帝国から戻《もど》ってきた時、過酷な任務を乗《の》り越《こ》えて心身共に成長していることを期待しているわ。主に胸のあたりが」

「余計なお世話です!?」

スーツケースを抱《だ》きかかえ、燐はアリスの部屋を飛びだしたのだった。

「ええ、ええ！　どうせなら、アリス様より大きくなって戻ってきますからね！」

3

ネビュリス皇庁・第四州ザールファーレン。

ザール国際空港。

中央州からもっとも近い飛行場で。

「――と。アリス様の手前ああして自分を鼓舞《こぶ》してはみたが、いざ飛行機に乗るとなるとやはり憂鬱だ……」

「？　どうしたのさ。急に立ち止まって」

燐の重々しい呟《つぶや》きに、イスカはふと振り返った。

いまの燐は皺《しわ》一つないスーツに身を包み、スーツケースを手にしている。他国に向けて商談へと旅立つキャリアウーマンの装いだが。

「空港で目立つことは控えろって。そう言ってたのは燐だろ?」

「……イスカ」

恨《うら》みがましい目つきで燐が見上げてきた。

いつもの「帝国剣士《ていこくけんし》」という呼び名を使わないのは、ここが皇庁の空港で、万が一にも話を聞かれないためである。

「お前に私の気持ちがわかるものか。アリス様のお側を離れることの苦痛、さらには穢《けが》れた敵地に足を踏《ふ》み入れなくてはならない嘆《なげ》きが!」

「そ、そうなんだ……」

要するに帝国に行くのが嫌《いや》なのだ。

イスカにとって帝国は故郷の地だが、燐という星霊使いにとっては「魔女《まじょ》」「魔人《まじん》」という蔑称《べっしょう》を生みだした悪の大国なのだから。

「というわけでだ」

燐がふらふらと歩きだす。

その行き先は飛行機の搭乗《とうじょう》口ではなく、奥のショッピングエリアだった。

「せめて最後に祖国の思い出を……皇庁のお土産《みやげ》を買っておこう。ああ、歴代女王の顔が描かれた皇庁クッキーか。こんなの誰《だれ》が買うんだと思っていたが、今となってはこんなものも懐《なつ》かしい。一つ買っておくか」

「あのさ燐」

「何だ？」

「これから僕らが行く帝国《ばしょ》に、そんな皇庁クッキーなんて持ちこんだら絶対怪《あや》しまれると思うけど」

「…………」

ピタッ、と燐が動きを止めた。

お土産のクッキーの小箱を手にしたまま、ぷるぷると肩が震《ふる》え始める。おまけに顔も赤くなっていって。

「ばか！」

「うわっ⁉　ちょっと燐、お土産の箱を投げつけるのはマナー違反《いはん》！」

「うるさいうるさい。これがナイフでないだけ感謝しろ！」

お土産の箱をイスカが受けとめる。

店員に見つからないようにそっと陳列棚《ちんれつだな》に戻しながら。

「どうせ長くないだろ」

「……当然だ。二週間も三週間もあんな帝国《ばしょ》にいられるか」

ようやく覚悟《かくご》が決まったらしい。息を整えた燐が空港の奥へと歩きだした。

と。

そこにやってきたのはミスミス隊長だ。後ろには音々とジンも。

「あー、いたいた！　イスカ君も燐さんも早く早く。もう搭乗が始まっちゃったみたいだし、飛行機もうすぐ飛んじゃうよ！」

「慌《あわ》てる必要はない」

淡々《たんたん》とした燐の返答。

「手荷物検査が終わればすぐだ」

「その手荷物検査場が混んでるんだもん！　ほら見てよ。音々たち以外の一般《いっぱん》のお客さんも大勢並んでるし！」

「そっちではない。この奥だ」

従業員用の扉《とびら》を解錠《かいじょう》し、燐がそこへ入っていく。

と思いきや――

扉一枚を越《こ》えた先は、誰一人《ひとり》スタッフのいない直進通路だった。

「王族専用の通路だ。手荷物検査場を無視して搭乗口に入れる《パス》。ここはルゥ家専用の通路だから月《ゾア》と太陽《ヒュドラ》に見られる心配もない」

「ええ⁉」

「ずるい⁉」

「ずるくない。そうでなければ我々が手荷物検査場を通れるわけがないだろう。金属探知機に触《ふ》れた途端《とたん》に大騒《おおさわ》ぎだぞ」

燐のスーツの胸元には鋭利なナイフ。

名刺《めいし》入れにも針のように細い暗器が仕込まれている。

「そりゃそうだ。でなきゃ俺の銃《じゅう》も飛行機なんざ持ち込み不可だからな」

ゴルフバッグを担ぐジンが頷《うなず》く仕草。

「音々と隊長《ボス》の銃もか。あとイスカの剣《けん》もだな」

「……いいことばかりではない」

無人の通路を歩く燐が、まっすぐ前を見ながら。

「裏を返せばシスベル様もこうして運び出されたというわけだ。王族専用の経路を使って、このような飛行機で堂々とな」

燐が、太陽を象《かたど》った装飾品《イアリング》を懐《ふところ》から取りだした。

王女ミゼルヒビィがグレゴリオ秘文と呼ぶ機密文書——そこに記されたシスベルの輸送情報を信じるなら、シスベルは既《すで》に帝国に連行されている。

「イスカ」

先頭を歩く燐のまなざしが、こちらに向けられた。

「世界条約で捕虜《ほりょ》の人道的取《と》り扱《あつか》いが定められている。拷問《ごうもん》や人体実験の禁止だ。それは皇庁《おうちょう》も帝国も批准《ひじゅん》している。そうだな？」

「……ああ」

非人道的行為《こうい》の禁止。

燐が列挙した事項《じこう》の禁止だが、これは全世界の国家が例外なく遵守《じゅんしゅ》している。

……表向きな話で、だ。

……まわりの国から非難されないようにっていう外交的な理由でしかない。

その裏では？

捕《と》らえた魔女に対する帝国側の人体実験。

捕らえた帝国兵に対する皇庁側の奴隷《どれい》化。

どちらもあり得る話だが、真相はわからない。

帝国という超巨大組織《ちょうきょだいそしき》の末端《まったん》でしかない第九〇七部隊《イスカたち》には、触れたくても触れられない機密の方が圧倒的《あっとう》に多いのだから。

「帝国部隊《おまえたち》からは顰蹙《ひんしゅく》を買うだろうが、あえて言及《げんきゅう》する。私は、帝国が捕虜に対する取り扱いを守るとは思えない」

「…………」

「皇庁も同じだからだ」

燐のその言葉は。

仕えるべき主がここにいないからこそ、口にできたものだろう。

「現女王陛下は比較的穏健派《ひかくてきおんけんは》と言われているが、他の王家は……ヒュドラ家を見ての通り、女王暗殺を企《くわだ》てるような連中なら、どんな汚《きたな》い手口も平然とやるだろう」

「シスベルに対しても？」

「そういうことだ。シスベル様の身に何かあってからでは遅《おそ》い」

ゆえに急ぐのだ。

皇庁から帝国領までの長距離《ちょうきょり》を、車や列車で何日もかけて移動している時間はない。

拷問、人体実験……

帝国とヒュドラ家が、最高の魔女サンプルともいえる「始祖の末裔《シスベル》」に何をしでかすかわからない。

「短期決戦だ」

太陽を象ったイアリングを懐に忍《しの》ばせて。

燐が、強く言いきった。

「一週間でシスベル様を取り戻して帰国する。それで終わりだ」

だが。

この帝国滞在《たいざい》が一週間どころではなく――

世界を巻きこむ波乱に繋《つな》がる未来を、イスカも燐もまだ知らない。

Chapter.2　『帰《き》還《かん》と訪問』

1

ネビュリス王宮「星の塔《とう》」。

アリスの書斎《しょさい》で、キンッ、と陶器《とうき》の割れる甲高《かんだか》い音が響《ひび》きわたった。

「あら？」

音の方向へ目を向ける。

アリスが見たものは割れたティーカップと、その破片を拾う燐《リン》だった。

「すぐに片付けます」

割れた陶器を粛々《しゆくしゆく》と拾っていく燐。

「気にしないで、従者の役をやるのは初めてでしょう」

「……申し訳ありません」

燐の声で。

星霊術《せいれいじゅつ》で燐に変装した少女が、小さくお辞儀《じぎ》。

こういうことに不慣れなのだろう。

替え玉《デコイ》の少女が今まで演じてきたのは王家の要人だ。女王や大臣という錚々《そうそう》たる顔ぶれに化けて、「偉《えら》そう」な雰囲気《ふんいき》を出すことには慣れていると聞く。

今回は初めての従者役。

アリスの世話を行うことも慣れていない。たとえば今も、アリスが「紅茶をお願い」と頼《たの》んだ結果の有様である。

……粗相《ミス》をしても燐らしい態度を崩《くず》さないのは、褒《ほ》められるけど。

……やっぱり変装できるのは外見だけね。

従者としての燐は、完璧《かんぺき》を体現した存在だ。

何も知らないアリスがこの燐を見れば、粗相《ミス》をしでかしたというこの一点だけで偽者《にせもの》と疑っていたに違《ちが》いない。

「あなたは何歳だったかしら」

「十六です。今年十七になります」

「ああごめんなさい。燐じゃなくて、元々のあなたの年齢《ねんれい》は?」

「十五になりました」

まだ義務教育を受けている年齢だ。

もともとの姿はあどけない黒髪《くろかみ》の少女で、今の燐とは比べものにならないくらい気弱な印象に感じられた。

……役目の最中は、頑張《がんば》って大人のフリをしているのね。

……それは本当に感心できることだけど。

歴戦の巧者《こうしゃ》には通じまい。

たとえばゾア家の仮面卿《かめんきょう》、ヒュドラ家の当主タリスマンには一目で「様子がおかしい」と看破されるはず。

「会議は昼過ぎからだったかしら？」

「はい。午後一時からです」

いまは毎日のように会議がある。

帝国《ていこく》軍が国境を突破《とっぱ》した王宮襲撃《しゅうげき》事件。

多くの負傷者が出たことや、王家の者が連れ去られたことへの報復をどうするか――まだ、結論がまとまっていないのだ。

三つの意見が衝突《しょうとつ》しあっている。

――星《ルウ》は、現女王による国内の立て直しを主張。

──月《ゾア》は、帝国との全面戦争を主張。

──太陽《ヒュドラ》は、新たな女王が必要だとして女王聖別儀礼《コンクラーヴェ》の実現を主張。

譲《ゆず》るわけにはいかない。

月《ゾア》は、帝国と皇庁の全面戦争で多くの人民が犠牲《ぎせい》になるのも厭《いと》わない。

太陽《ヒュドラ》は、そもそも国家転覆《てんぷく》を狙《ねら》った凶悪《きょうあく》犯だ。

「女王様《おかあさま》の代理で、ルゥ家からはわたしが出るわ。仮面卿とタリスマン卿も出席するのよね」

「……あの、アリス様」

床《ゆか》の片付けを終えた少女が、わずかに申し訳なさそうな表情で。

「私は、ここでお待ちしていた方がよろしいでしょうか」

「…………」

聡《さと》い。

仮面卿とタリスマンのいる場に出てしまえば、その不慣れな挙動から替え玉《デコイ》だとバレてしまうのではないか──

そんなアリスの心境を察した上での進言なのだろう。

「一緒《いっしょ》にいきましょう」

燐の背中をぽんと叩《たた》いて、アリスは気丈《きじょう》に笑んでみせた。

「いつも会議にいる燐がいなかったら逆に怪《あや》しまれるだけでしょう？」

「……で、ですが……」

「本物の燐なら、そんな弱気なことは言わないわ」

「っ！」

「自信を持って。あなたの星霊《せいれい》は凄《すご》いんだから、堂々としていれば大丈夫《だいじょうぶ》よ」

「は、はい！」

燐を演じる少女が大きく頷《うなず》く。同じく笑顔で見返して、アリスは壁際《かべぎわ》の時計に目をやった。そろそろ飛行機が着いた頃《ころ》だろう。

間もなく燐は帝国に入るはず。

「……イスカは約束を裏切らないわ。燐、ちゃんと彼を信用なさい」

「イスカ？」

「い、いえ何でもないわ！」

耳ざとく聞き返してくる従者に、アリスは慌《あわ》てて手を振《ふ》ってごまかした。

2

独立国家オープナー。

帝国とネビュリス皇庁《おうちょう》という巨大《きょだい》二国家に挟《はさ》まれた中立国は幾《いく》つもあるが、そのなかで、帝国のもっとも東側に隣接《りんせつ》する国だ。

──いわば中継《ちゅうけい》地点。

ネビュリス皇庁と帝国を結ぶ直通の飛行機は存在しない。

この中立国オープナーまでが飛行機。

そこから先は大陸に張《は》り巡《めぐ》らされた幹線道路《ハイウェイ》を利用して、車で帝国領に入るというわけだ。

「……もう目と鼻の先か」

地平線まで延びた幹線道路《ハイウェイ》。

それを大型車《ワゴン》の助手席から眺《なが》めながら、イスカは手元の地図に目をやった。自分たちが走っている高速道路も、じきに帝国の検問所が見えてくるだろう。

無事に通過できれば帝国だ。

「ミスミス隊長」

後部座席に座っている女隊長へ。

「もうすぐ帝国の国境検問所《チェックポイント》です。帝国の住民票と、あとはいつも通り帝国軍の身分証も見せて大丈夫ですよね？」

「うん、アタシたちは身分を隠《かく》す必要ないと思う。歴《れっき》とした帰国だもん」

頷くミスミス隊長の膝元《ひざもと》には、帝国製の高圧電気銃《テーザーじゅう》。

他国の人間がこんな代物を所持していれば国境検問所《チェックポイント》で怪しまれるが、帝国兵であれば自衛手段として認められている。

猟銃《りょうじゅう》に偽装《ぎそう》していたジンの狙撃銃《そげきじゅう》も、堂々と提示して入国すればいい。

イスカの星剣《せいけん》もだ。

「皇庁の国境を越《こ》える時は生きた心地がしなかったが、帝国の国境検問所《チェックポイント》に関しちゃ楽ができるな」

思いだしたように言葉を継《つ》ぐのはジンだ。

「帝国に戻《もど》ってからも面倒《めんどう》事はいくつか残ってるが、俺らにとっちゃただの帰国だ。観光地《リゾート》から戻ってきたで押し通せばいい。唯一《ゆいいつ》の不安材料は……」

ちらりと一瞥《いちべつ》。

ジンが横目で盗《ぬす》み見したのは右隣《みぎどなり》——後部座席の端《はじ》っこに座っている燐だが、彼女だけは会話の蚊帳《かや》の外。

燐はいま、帝国の観光ガイドを熟読するのに夢中である。

「……なるほど。これが帝国紙幣《しへい》か。歴史学で学んだとおりだな」

左手に皇庁紙幣。

右手に帝国紙幣を広げ、燐が交互《こうご》に見比べる。

「ふむふむ。帝国内は世界共通紙幣も使えるが、97パーセントの市民は帝国紙幣を利用していると。共通紙幣を使えば外来者《よそもの》と疑われるな。帝国に侵入《しんにゅう》しても私が皇庁人だとバレてはすべてが水の泡《あわ》……ここは無難に帝国紙幣を使うべきか……」

「こいつが大人しくできるかどうかだな」

ガイドブックと睨《にら》めっこ中の燐を親指で指さす、ジン。

「観光客らしく振る舞《ま》ってくれりゃあ楽なんだが。帝国にどうやって忍《しの》びこむか勉強中の密偵《スパイ》を間近で見るってのも、帝国人としては複雑な心境だな」

「それはお互《たが》い様《さま》だ」

むっ、と燐が振り向いた。

今までのやり取りも会話に参加こそしていなかったが、意識の隅《すみ》ではちゃんと聞き取っていたのだろう。

「お前たちがルゥ家の別荘《べっそう》に来た時のことだ。従者たちもそれはそれは凄《すさ》まじい反感ぶりだったのだぞ」

ルゥ家に仕える少女五人のことだろう。

ユミリーシャ、アシェ、ノエル、システア、ナミ。まだ若い少女たちだが、皆《みな》がルゥ家の腹心である。

帝国への憎《にく》しみもそれだけ強い。

「帝国兵が屋敷《やしき》にやってくるなど前代未聞だ。本来なら警務隊に即刻《そっこく》引き渡《わた》すところだし、そうでなくても料理に泥《どろ》を混ぜてやろうとか、お前たちの入浴中に裸《はだか》を隠し撮《ど》りして辱《はずか》めてやろうとか。それはもうありとあらゆる嫌《いや》がらせを口にしていたぞ」

「当然だ。俺らだって部屋に盗聴器《とうちょうき》くらい覚悟《かくご》してた」

「そんなものはない」

ジンの返事に、燐がきっぱりと首を横にふってみせた。

「シスベル様が目を光らせていた。従者五人を個別に呼びだして、『彼らに対する無礼は、わたくしへの無礼と思いなさい』と諭《さと》していたからな」

「……アイツが？」

「そういうことだ。シスベル様に恩義を感じろとはいわないが、そんな背景があったのは覚えておけ」

燐が腕組《うでぐ》み。

と思いきや、何かを思いだしたように左座席に振り向いて。

「話は変わるが、ミスミス隊長」

「は、はい⁉」

「――――」

燐が、自らの左肩《ひだりかた》を指さしてみせる。

その仕草を一目見て、ミスミス隊長がハッと左肩に手を当てた。

――碧《みどり》色に輝《かがや》く星紋《せいもん》。

もちろん今はシールを貼《は》って隠しているが。

「お前がつけているのは皇庁《わがくに》のシールだろうが、何日同じものを貼っている？」

「……えっと五日間くらい」

「入浴時は？」

「……つけっぱなしだったかも」

「念のために帝国の国境検問所《チェックポイント》までに貼り替《か》えろ。シールが劣化《れっか》して星霊エネルギーが僅《わず》かにでも漏《も》れていたら捕《つか》まるのはお前だぞ」

「は、はい！」

「お節介《せっかい》ついでに、お前の肌《はだ》ならこちらの方が合う」

燐が胸ポケットから別のシールを取りだした。イスカの目には、ミスミス隊長が貼っているものと同じに見えるが。

「シスベル様の手持ちのシールを貼っているのだろうが、あの方の肌は日焼けと無縁《むえん》だからな。お前の肌とは違《ちが》う」

シスベルの肌は、透《す》けるような白磁色。

だがミスミスは違う。帝国《ていこく》軍の演習で日常的に日焼けしているからこそ、シールの色もそれに合わせるべきということなのだろう。

「私のシールだ。お前にはこちらの方がいい」

「あ、ありがとう燐さん！」

「お前が捕まっては元も子もない。それだけだ」

素っ気ない。実に燐らしい淡々《たんたん》とした説明口調ではあるのだが。

「…………」

「何だ帝国剣士《ていこくけんし》、その目は」

前座席からのイスカのまなざしに気づいた燐が、不機嫌《ふきげん》そうに顔をしかめた。

「このシールが紛《まが》い物《もの》だと疑っているのか？」

「そうじゃなくて」

「何だ」

「……燐って丸くなったなぁって」

「何だとっ⁉」

ガタッと燐が立ち上がった。

車の中で。天窓に頭をぶつけそうになる勢いで座席から身を乗りだして。

「貴様っ、それはどういう意味だ。この私が懐柔《かいじゅう》されたとでも！」

「褒《ほ》めたんだよ⁉」

なぜか怒《いか》りだす燐を、イスカは大慌《おおあわ》てでなだめたのだった。

═══

帝国——

東部国境検問所《チェックポイント》・極東アルトリア管轄《かんかつ》区。そこには入国審査《しんさ》を待つ車とバスの渋滞《じゅうたい》列が、数百メートルにも亘《わた》ってできていた。

「ええっ⁉　ちょっと並びすぎじゃない、どういうこと⁉」

真っ先にそう叫《さけ》んだのはミスミス隊長だ。

車窓から身を外に乗りだすや、ずらりと並ぶ車の列を見渡《みわた》して。

「これじゃあ帝都《ていと》行きの国境検問所《チェックポイント》だよ。こんな帝国の端っこにある国境検問所《チェックポイント》がこんな混雑してるなんて……」

「何だと？」

反対側の車窓から顔を出す燐も、不審《ふしん》げに車の列を眺めている。

「平時とは違うのか？　どういうことだミスミス隊長」

「アタシに聞かれてもわかんないよ!?　ただ妙《みよう》に混んでるなぁって」

「……私の侵入がバレたか？」

「う、ううん。そんなはずないよ！」

そんな二人を後目《しりめ》に。

「ねえ隊長、身体検査《ボディチェック》じゃない？」

音々《ネネ》が、国境検問所《チェックポイント》に並ぶ車を指さした。

車の乗客が一人一人、入国審査官に呼ばれて保安検査場の中に入っていく。

「入国審査って、普段《ふだん》はパスポートと荷物と星霊《せいれい》エネルギーのチェックだよね。でも今は全員に身体検査《ボディチェック》してるっぽいし。それで時間かかってるんだと思う」

「審査を強化したんだろうな」

言葉を続けるジン。

国境検問所《チェックポイント》の様子を窺《うかが》うのにも飽《あ》きたのか、座席にのんびり背中を預けて。

「帝国軍が皇庁《おうちょう》で大暴れしたあげく純血種を捕獲《ほかく》した。その報復で、今度は皇庁から刺客《しかく》が派遣《はけん》されるってのを想定した。審査強化は妥当《だとう》っちゃ妥当だ」

「……私にとってはつくづく腹立たしいが」

燐が、苛立《いらだ》ちを堪《こら》えるように顔をしかめる。

「まあいい。身体検査《ボディチェック》でも何でも持ってこい。帝国人に肌を触《ふ》れられるのは虫唾《むしず》が走るが、これもシスベル様の奪還《だっかん》のためだ」

「燐さ」

「なんだ帝国剣士」

「僕らの前ならいいけど、相手が帝国人だからって入国審査官にそんな気難しい態度とったら怪《あや》しまれるから。そこだけは気をつけて」

「――――」

燐は無言。

怒ったかな？　イスカが内心そう思い始めた矢先に。

「お気遣《きづか》い恐縮《きょうしゅく》ですわイスカさん」

茶髪《ちゃぱつ》の少女が、とてもとても愛らしい笑顔で微笑《ほほえ》んだ。

鈴《すず》を転がすような可憐《かれん》な声で。

「ご心配には及《およ》びません。わたくし燐・ヴィスポーズ、こうした時の作法も心得ています。大人しい旅行者を演じますわ」

「………」

「どうしましたイスカさん？」

「いや、いつもそれくらい柔《やわ》らかな物腰《ものごし》だと僕も嬉《うれ》しいけどなって」

「絶対ごめんですわ」

「即答《そくとう》!?」

「はい。帝国人に笑顔を振《ふ》りまくくらいなら、路地裏のネズミに微笑む方が軽く一億倍は有意義ですし」

「だから言葉遣《ことばづか》いだけ丁寧《ていねい》でもダメだって!?」

可愛《かわい》い笑顔で。

敵意むきだしの言葉を口にする燐に、イスカはため息をついたのだった。

一時間後。

「ご心配には及びません——なんて言ってたのはどこのどいつだよ」

国境検問所《チェックポイント》、検査場前。

百台以上もの車が止まっている駐車場《ちゆうしや》で、待ちくたびれたジンが腕組み。

「俺とイスカの身体検査《ボディチェック》が終わってもう三十分は待ってるぞ。女は着替《きが》えに時間がかかるってのはわかるが……おい音々。アイツも一緒《いっしょ》に身体検査《ボディチェック》受けたんだろ」

「うん。でも音々と隊長は優先通過だし」

音々が指さしたのは、出てきたばかりの保安検査場だ。

男女別に身体検査《ボディチェック》が行われるのだが、イスカたちは帝国軍の身分証を提示することで優先的に入国審査が受けられる。

一般人《いっぱん》扱《あつか》いの燐だけが、大渋滞の女性列に並んでいる。

「でも確かに遅《おそ》いよね」

ミスミス隊長が自分の左肩を押さえているのは、おそらく無意識なのだろう。

——星紋。

帝国には、星霊エネルギーの検出器がいたるところに取り付けられている。とりわけ、この国境検問所《チェックポイント》にあるものは高性能な装置に違いない。

「星霊エネルギーが漏れてなくても……たとえば身体検査《ボディチエツク》されてる時に肌からシールが剝《は》がれて見つかったりとか？」

「それで捕まるならそれまでだ。庇《かば》いようがねぇよ。元からそういう約束だ」

ジンの返事は冷徹《れいてつ》にも聞こえるが、真っ当だ。

皇庁の味方はできない。自分たちはあくまで帝国に帰還《きかん》するのみで、燐はそこに「偶然《ぐうぜん》紛《まぎ》れこんだ」だけ。捕まってしまえば助けることはできない。

とはいえ――

イスカとしても気になるのは事実である。

「隊長、僕ちょっと様子を見にいっていいですか」

「それならアタシもいくよ。女性の列に並んでるはずだし」

と。

保安検査場の出口から、茶髪の少女が出てきたのはその時だった。

「燐さん！　ああよかった……」

「何がだミスミス隊長？」

「あのね、ちょっと遅いから心配してて」

「混んでいただけだ。検査自体はすぐに終わった。拍子抜《ひようしぬ》けするくらいあっさりな。入国審査はどこの国でも大差ないな」

身体検査《ボディチェック》の時に脱《ぬ》いだのだろう。

シャツ姿の燐が上着を肩《かた》に引っかけた姿で歩いてくる。こちらの心配の方こそ意外だと言わんばかりの表情で。

「何だ帝国剣士。まさか私がこんな検問所でヘマをするとでも？」

「正直ちょっと不安だった。これだけ遅かったし、星霊エネルギーの検出器に見つかったんじゃないかって」

「今さらか？　当然シールで隠《かく》してる。星霊エネルギーが漏《も》れるわけがない」

「そのシールが肌から剝がれたらどうしようって話をしてたんだよ。身体検査《ボディチェック》で身体《からだ》を触《さわ》られるわけだから」

「何だ、そんなありもしない心配をしてたのか」

余裕綽々《よゆうしゃくしゃく》と、燐が鼻で笑ってみせた。

「こんな簡易な身体検査《ボディチェック》ごときで、私の星紋《せいもん》を見つけられるわけがない」

「そうなんだ？」

「当然だ。そもそも下着を脱げとでも言われないかぎり、私の星紋が見つかる恐《おそ》れはない」

「へえ。なら良かっ……下着？」

ごくごく自然に頷《うなず》きかけて。

ふと、イスカはある重大な事実に気づいてしまった。

——燐の星紋は、下着を脱がされないかぎり見つからない。

つまり下着で隠れるような部位にあるということだ。

具体的に、どこかというと。

「〜〜っ⁉」

同じことを察したらしい音々とミスミス隊長が、揃《そろ》って目をみひらいた。

「下着のなか！　ってことは燐さんの星紋って……も、もしやあんな所やこんな所に？……」

ううん、あっちかも！」

「あわわわっ！　た、隊長ダメだよ！　聞いてる音々の方が恥《は》ずかしいよ！」

頰《ほお》を赤らめながら考察を始めるミスミス隊長。

恥ずかしさのあまり耳を塞《ふさ》ぐ音々。

だが。

そんな二人よりも遥かに恥ずかしそうにしている少女がいた。

「…………」

真顔のまま、耳まで真っ赤な燐。

自ら恥ずかしい秘密を漏らしてしまった屈辱《くつじょく》に必死に耐《た》えんと、その場で足下を見つめ、拳《こぶし》を握《にぎ》りしめていたが――。

「イスカぁぁぁぁぁぁっっっ！」

爆発《ばくはつ》した。

あまりの恥ずかしさで、目の端《はし》に涙《なみだ》を浮《う》かべながら飛びかかってきた。

「今日という今日は許さんっ！」

「何がっ⁉」

「よくも私の秘密を！　貴様が……そうやって無邪気《むじゃき》に誘《さそ》うから悪いんだ。星紋の場所くらい何だ、星紋が尻《しり》にあって何が悪い！」

「まわりに聞こえるし⁉」

燐の星紋はお尻にある。

――誰《だれ》にも言うなよ。

そんな脅《おど》しめいた約束を誓《ちか》わされて、イスカたちは帝国《ていこく》の国境検問所《チェックポイント》を通過した。

3

ネビュリス王宮――

星・月・太陽からなる三つの塔《とう》に囲まれた女王宮。その多目的ホールに、王家の面々が到着《とうちゃく》し始めた。

円卓《えんたく》を囲むのは、いずれも当主級。

ルゥ家は負傷した女王に代わって、女王代理としてアリスが席についている。

その外側に並ぶのが家臣たち。

ホールに立つ親衛隊を含《ふく》めれば五十人におよぶだろう。

巨大国家《ネビュリス》の最高権力者たちが揃う絢爛《けんらん》な顔ぶれだが、女王代理として出席するアリスにはまったく違《ちが》う光景が見えている。

……海千山千のくせ者に、歴戦の話術巧者《こうしゃ》たち。

……ここにいるだけで息が詰《つ》まりそう。

会議の主題は「皇庁復権」。

もう何日繰《く》り返されたことだろう。帝国軍の侵入《しんにゅう》を不安視する国民への説明と、何より、連行された王族の奪還についてだ。

「――――」

ちらり、と横にいる従者に目をやった。

記録用の音声レコーダーを用意している燐――を演じている別人の少女である。

……じっとしてれば雰囲気《ふんいき》は燐そのものね。

……会議中、余計なことを喋《しゃべ》らなければ偽者《にせもの》と勘《かん》づかれることはないはず。

そう思った矢先。

「アリス君」

「は、はい⁉」

三つ離《はな》れた席からだ。

ヒュドラ家当主タリスマンに呼びかけられ、アリスは咄嗟《とっさ》に振り向いた。

「いや失敬。驚《おどろ》かせてしまったかな」

高級そうな白いスーツを着こなして、いかにも紳士《しんし》然とした笑顔の当主《タリスマン》。

女王暗殺計画の黒幕でありながら、よくもまあ女王の娘《むすめ》である自分《アリス》にこうもにこやかに話せると感服するほどだが。

「王衣《ドレス》を新調したんだね」

「……え、ええ」

「今までの王衣《ドレス》も華《はな》やかで似合っていたが、今回もまた一段と高貴で素晴らしい。気品のあるアリス君によく似合う」

この台詞《せりふ》が、この男以外であれば。

新しい王衣《ドレス》を褒《ほ》められたことに、アリスは満面の笑みで応じていただろう。

——女王代理。

今まで着ていた王衣《ドレス》は王女用に仕立てられたもの。

新たにアリスが身につけているのは、女王代理としての新衣装。今までの雰囲気はそのままに、赤と青の鮮《あざ》やかさが加わっている。

「この会議が初お披露目《ひろめ》かな？」

「恐れ入りますわ。デザイナーの仕立てがちょうど間に合ったので」

もちろん嘘《うそ》だ。

新衣装をここで披露したのは、同じ王家である月《ゾア》と太陽《ヒュドラ》の血脈が揃う場で、アリスの女王代理たる決意を示すため。

——女王の座は渡《わた》さない。

もちろん当のタリスマンも内心ではそう察しているに違いない。

「ところでタリスマン卿《きょう》、彼女はどうしましたか」

「ミズィのことかな」

王女が一人この場にいない。

空っぽの席を流し見て、タリスマンが苦笑してみせた。

「つい先日のことだよ。雪と太陽《スノウ・ザ・サン》が何者かに襲撃《しゅうげき》された件――」

「魔人《まじん》サリンジャーの？」

「ああ。それで魔人を捕《と》らえられれば良かったのだが、うまくすり抜《ぬ》けられてしまってね。その件の事後処理を頼《たの》んである」

「…………」

「まあそれはいい。定刻だ、皆《みな》も忙《いそが》しいだろうから始めよう」

司会役のタリスマンが手を打ち鳴らす。

円卓を一瞥《いちべつ》して。

「まずは昨日の議題の続きといこう、国防大臣」

「――では私から」

筋骨逞《きんこつたくま》しい大男が立ち上がった。

「帝国軍による王宮襲撃事件。この事件ですが、そもそも帝国軍が皇庁《わがくに》の国境をいかにして越《こ》えたのか。星霊審判《せいれいしんぱん》をくぐり抜けたものと思われます」

「資料の通りだね」

「はっ。帝国軍の中には星紋を移植したと思《おぼ》しき者がいたと。先日の戦闘《せんとう》時、腕《うで》に星紋のある帝国兵を目撃《もくげき》しています」

人工の星紋。

帝国軍がいかなる新技術を用いたのか、アリスを含めこの場で知る者はいない。

……いえ、一人だけいるわ。

……タリスマン卿ならばそれも知っているはず。

もどかしい。この場で「お前が帝国軍と繋《つな》がっている黒幕だ」と言えたなら、アリスもどれだけ溜飲《りゅういん》が下がることだろう。

シスベルを取り戻《もど》さぬかぎり、黒幕の証拠《しょうこ》を提示できない。

「はなはだ憎《にく》きことですが」

言葉を続ける国防大臣。

「帝国軍が、皇庁《わがくに》にはない星霊技術を開発しているのは確かです。国防大臣として申し上げますと星霊審判だけでは不十分です」

「住民票の提示に切り替《か》えるわけだね」

一人、淡々《たんたん》と頷くタリスマン。

「――というのが昨日までの議題だ。これについて意見がなければ本日中に通達を作成。明日の正午から国境検問所《チェックポイント》にて実施《じっし》する」

誰からも異論はない。

「アリス君」

声をかけてきたのは、円卓の対面に座る仮面卿だった。

口をつぐむこちらを見やって。

「女王代理として、あるいはルゥ家の王女として何か意見は？」

「……相違《そうい》ありませんわ」

努めて平静に。

場の誰にも心境を悟《さと》られぬよう、アリスは涼《すず》やかな声とともに頷いた。

「次の議題ですが――」

「始祖様の件だね」

「っ」

仮面卿の応《こた》えに、アリスは無意識に息を呑《の》んだ。


〝始祖様にお目覚めいただく〟

先日の会議で、まさにこの仮面卿が発した提案だ。
帝国軍への報復――

女王以上の威光《カリスマ》と強大な星霊。その二つを備えた最古最強の星霊使いを復活させれば、帝国に大打撃《だげき》を与《あた》える戦争を実現できる。

「……それは女王陛下が先に伝えた通りです」

仮面卿だけではない。

ゾア家に近しい大臣たちを含む、この場のすべての者に向かってアリスは答えた。

「始祖様の目覚めは認められません」

「ふむ。中立都市エインだったか。以前に始祖様が目覚めた時、攻撃《こうげき》の被害《ひがい》にあった都市があったという話は聞いているが」

「その通りです」

始祖は再び眠《ねむ》り続けている。

ガラスの棺《ひつぎ》に納められているが、その鍵《かぎ》を開けられるのは女王だけだ。

「星霊使いが帝国以外の国を傷つけたとなれば、世界中の世論が帝国に味方するでしょう。それは絶対に避《さ》けるべきことです」

魔《ま》女《じょ》や魔人と――

世界中から恐《おそ》れられる忌《い》まわしき時代に後戻《あともど》りだ。断じてあってはならない。

「鍵は誰《だれ》にも渡せません」

「知っているさ。女王が持っているのだろう？」

「わたしです」

ピシッ、と。

場の空気に、今までとは違う緊張感《きんちょうかん》がよぎった。

全員のまなざしが、アリスの取りだした一本の鍵に集中していく。

「先日の女王暗殺事件は未遂《みすい》でしたが、また何者かが同じ手口で女王を襲《おそ》い、そして鍵を奪《うば》うようなことがあっては大問題ですから」

始祖の棺の鍵。

場の全員に見せつけるようにして、アリスはそれを懐中《かいちゅう》にしまいこんだ。

「あの場の黒幕はまだ見つかっていませんが、こう言ってあげたい心地です。『わたしを狙《ねら》いたいならいつでもどうぞ』と」

鍵を奪いに来るのなら覚悟《かくご》しろ。

このアリスリーゼと本気の戦闘を望むのならば――

「賢明《けんめい》な手段だよ。私が女王陛下でもそうしていただろうね」

仮面卿がぽんと手を打った。

「よろしい。始祖様の件はアリス君に一任しよう。ゾア家は先の提案を撤回《てっかい》する」

「え？」

「何を驚いているんだね」

仮面卿の薄《うす》い笑み。

金属の仮面ごしに、アリスではとうてい見透《みす》かせない感情を湛《たた》えながら。

「始祖様の目覚めに反対といったのはアリス君だろう」

「……ええ」

我が耳を疑った。

あまりにも呆気《あつけ》なく「始祖の目覚め」を撤回されて、逆にアリスの方がせっかくの覚悟が空振《からぶ》りに終わった気分になる。

「仮面卿、その言葉に二言はありませんね」

「もちろんだとも。この場の全員に誓《ちか》ってのことだ」

そんなバカな。

何かがおかしい。従順すぎる？

その奇妙《きみよう》な違和感《いわかん》に、胸騒《むなさわ》ぎにも近い不安を覚えながら、

「……ご理解に感謝いたしますわ」

アリスは苦々しく口にしたのだった。

Chapter.3　『ようこそ機械仕掛《じか》けの理想郷へ』

1

単一要塞《ようさい》領域「天帝国《てんてい》」――

その通称《つうしょう》が、帝国《ていこく》。

高度機械化文明により未曾有《みぞう》の繁栄《はんえい》を遂《と》げたこの国は、百年以上も前から「機械仕掛けの理想郷」と呼ばれていた。

始祖ネビュリスの反乱によって、首都も一度は灰と化したが。

帝都《ていと》ユンメルンゲン――天帝の名を冠《かん》した鋼鉄の都市として生まれ変わったこの国は、来たるべき魔女・魔人との最終戦争にそなえ、さらに高度機械化を推し進めている。

というのが。

帝国を訪れたことのない者が思う心象《イメージ》に違《ちが》いない。

「……話が違う」

イライラと困惑《こんわく》の混じった声。

幹線道路《ハイウェイ》を滑《すべ》るように走っていく大型車《ワゴン》の車内で、後部座席に座る燐《リン》が、もう何度目かわからない台詞を繰《く》り返すように口にした。

「話が違う。いったい全体なんだここは、おい帝国剣士《けんし》？」

「立派に帝国内だけど」

「ならば答えろ！」

燐が、開きっぱなしの窓の外を指さした。

幹線道路《ハイウェイ》の先に映る景色は鈍色《にびいろ》にそびえ立つ鋼鉄のビル群――ではなく、進めど進めど終わりのない緑の大平原だ。

のどかな放牧地。

燐が指さした先には、暖かな日差しのなか、のんびりと牧草を食べる牛たちが。

「こんな田舎《いなか》のどこが帝国だ！」

「どう見ても帝国じゃん」

「嘘《うそ》をつけ。この私が帝国について無知だと思っているなら大間違《おおまちが》いだぞ」

皇庁人《リン》の口上は止まらない。

「帝国の路面はすべて機械化され、パネルに乗るだけで目的地まで運ぶシステムだろうが。

空には鳥のかわりに無人機が飛び交って地上の人間を監視《かんし》し、不審《ふしん》人物がいれば機械兵がただちにその者を銃撃《じゅうげき》すると……」

「どれ一つとして正しくないし⁉」

「ではここは何だ、山のようにそびえ立つビル群はどこにある！」

「それは――」

「ここが帝国のほぼ端《はじ》っこだから……かな」

後部座席で。

燐の隣《となり》に座っているミスミス隊長が、おずおずとそう口にした。

「燐さんのいう大都会も多いけど、ここは昔ながらっていうか。帝国がまわりの国と一つになる前の雰囲気《ふんいき》なんだろうね」

見わたすかぎりの放牧地帯。

車で一時間ほどの間隔《かんかく》でぽつりぽつりと街もあるのだが、どれも高層ビルのような光景とはほど遠い。

――帝国領、極東アルトリア管轄《かんかつ》区。

帝国のほぼ東端《とうたん》である。

「そういえば僕とジンと音々《ネネ》は帝都出身だけど、ミスミス隊長って東部《こっち》でしたっけ？」

「うん。アタシの田舎もここまで端っこじゃないけどね」

「ふむ」

一方の燐は、放牧地の牛たちをぼんやりと眺《なが》めてから、隣に座るミスミス隊長の首の下あたりをじーっと凝視《ぎょうし》して。

「……それで牛並に大きく育ったわけか」

「燐さん⁉　それアタシのどこを見て言ってるのかな⁉」

燐の視線を感じとったミスミス隊長が、両手で胸を隠《かく》す仕草。

「なるほど！」

「音々ちゃんまで⁉」

「比較《ひかく》対象が違う。比べるなら頭だ。牛より暢気《のんき》で楽天的だからな」

「ジン君もっ⁉……ひどいよイスカ君！　みんなでアタシをからかうために出身の話題を出したんだね！」

「そんなバカなっ⁉」

とんだ濡《ぬ》れ衣《ぎぬ》だ。

どう潔白を主張しようか。イスカが思考を巡《めぐ》らせようとした矢先に。

「——と。そんな戯《ざ》れ言《ごと》はさておきだ」

窓を見つめていた燐が、大きく息をついて座席によりかかった。

「つまり私たちが向かっているのは、帝都のような大都会ではないと。そうだなミスミス隊長？」

「う……うん。もちろん大きめの都市は途中《とちゅう》にもあるけど」

「なぜだ」

その問いかけは第九〇七部隊の誰に宛《あ》てたものでもない。

燐が自らに課したものだろう。なぜならその視線が、燐自身が握《にぎ》る太陽のイアリングに向けられているからだ。

「この信号を信じるしかないが……なぜシスベル様の連行先が帝都ではない？」

そう。

イスカたちが向かっているのは、帝都から遥かに遠い東端の地。機械仕掛けの理想郷という通称からは似ても似つかない辺境だ。

「シスベル様を捕虜《ほりょ》に使うなら帝国司令部に連れて行くはず。そしてその司令部は帝都にある。そうだな？」

「公表されてる通りだよ。それ以外は僕だって知らない」

こちらを見つめる燐に向け、イスカは迷わず頷《うなず》いてみせた。

「議会も司令部も、みんな帝都にある。なんなら帝国で唯一《ゆいいつ》の星霊《せいれい》研究機関『オーメン』の本部だってそうさ」

全権集中。

それが帝国の構造である。イスカの立場から不用意な情報は与《あた》えられないが、ここまでは世界中に公表されている。

……でも燐の疑問は尤《もっと》もなんだ。

……シスベルは純血種だ。司令部も帝国議会も、喉《のど》から手が出るくらい欲しいはず。

イスカも連行先は帝都だと思っていた。

だが信号の発信源は帝国のほぼ東端。この最果ての地から送られてきている。

「ねえねえジン兄ちゃんは？」

「ん？」

運転席の音々に名指しされて、ジンが顔を上げた。

「運転交代か」

「そうじゃなくって。どうしてシスベルさんの運ばれた先が帝都じゃなくてこんな田舎なんだと思う？」

「そりゃ契約《けいやく》外だろうが」

窓に頬杖《ほおづえ》をついたまま、銀髪《ぎんぱつ》の青年がかぶりをふってみせる。

「俺らはただ帝都に戻《もど》る。その帰る途中で偶然《ぐうぜん》シスベルの監禁《かんきん》先を横切るだけだ。あとは一切関知しないし干渉《かんしょう》しない。余計な詮索《せんさく》もな」

「……それはそうだけどぉ」

運転席の音々は、珍《めずら》しくも歯切れが悪かった。

「音々たちは帝国兵だよ。その帝国兵としても気にならない？　だってシスベルさんは、言っちゃえば純血種っていうすごく稀少《きしょう》な人質だもん。彼女を帝都以外に運んだって有効活用できないじゃん」

「有効活用したいからだろ」

「え？」

「――――」

ジンが、左隣《ひだりどなり》をちらりと見やる。

食い入るようにジンの横顔を見つめる燐と視線を交わして、そして大きく嘆息《たんそく》した。

「……ったく。これは俺の独り言だぞ」

そう挟《はさ》んでから。

「あの胡散臭《うさんくさ》い男。ヒュドラ家の当主だっけか」

ジンが見上げるのは車の天井《てんじょう》。

ルゥ家の別荘《べっそう》を襲撃《しゅうげき》した時に、ヒュドラ家当主タリスマンと名乗った男の面影《おもかげ》を想起しているかのように。

「あいつが帝国と繋《つな》がっているのは状況《じょうきょう》的に間違《まちが》いない。ただし、繋がってると言っても表だった相手じゃねえんだろうな」

「……どういうことだ」

「あの野郎《やろう》は、シスベルを帝国内の『誰《だれ》か』に引き渡《わた》した。その相手が司令部でも帝国議会でもない第三者って線はあり得る話だろ。それなら連行先がこんな帝都の辺境だってのも辻褄《つじつま》があう」

「…………」

燐は無言。

そんな燐には構わず、ジンのまなざしは窓の外へ。

「言っとくがその取引相手が誰かなんて俺も知らねぇよ。だが狙《ねら》いはもう想像つくだろ？音々が言ったのでほぼ正解なんだよ。シスベルは貴重な純血種。その純血種を、司令部にも帝国議会にも教えずに独り占めしたい輩《やから》がいる」

「……それが、我々が向かっている先にいると？」

「たぶんな。繰り返すが俺らは関与《かんよ》しない。シスベルの連行先でお前を降ろして、あとは帝都《ていと》に戻る。この件に関して深入りする気もねぇよ」

「十分だ」

真顔で応じる燐。

その仕草に、今度はジンが燐に目をやる番だった。

「都合がいいとは言わないのか」

「……何がだ？」

「皇庁《おうちょう》から来たお前にとっちゃ帝都は地獄《じごく》だぞ。星霊エネルギーの検出器がそこら中に配置されてる上に、警務隊の数も段違《だんち が》いだ。何なら天帝《てんてい》直属の使徒聖ともばったり街で会うような場所だからな」

「はっ。バカな。行き先が帝都でないことに私が安堵《あんど》したと？」

燐が、大げさに腕組《うでぐ》みしてみせて。

「むしろ拍子抜《ひょうしぬ》けだ。シスベル様の救出を命じられた時から帝都に踏《ふ》みこむ覚悟《かくご》でいたが。蓋《ふた》を開けてみればこんなど田舎とは」

「強気じゃねえか」

「誇張《こちょう》ではない。私がどれだけの場数を踏《ふ》んでいると思っている」

車内はもう飽《あ》きた――

そう言いたげな強気の口ぶりで、燐が運転手に声をかける。

「音々とやら。目的地まで、今日中には着かないのだな？」

「明日かな。もうすぐ大きな街に着くから今日はそこで一泊《いっぱく》だよ。この車もそろそろ充電《じゅうでん》しなきゃいけないし」

「……まあいい」

ふてぶてしいまでの口ぶりで、燐はそう言い捨てた。

「行き先が帝都なら多少は刺激《しげき》的だと思ったが、こんな帝国の果てとはな」

2

帝国領、極東アルトリア管轄区。

ナタ市。

幹線道路《ハイウェイ》を利用する旅行者が、一日かぎりの宿泊《しゅくはく》地として立ち寄る中継《ちゅうけい》地だ。

中立都市エインのように古風で趣《おもむき》深い建物が多い。都会の喧噪《けんそう》とはほど遠い、のんびりと時間が流れていく観光地である。

――が。

のんびりとした街の空気とは、正反対に。

「燐さんってば!?　背中くっつきすぎ、肩《かた》をぎゅっと摑《つか》むのは百歩譲《ひやっぽゆず》って構わないけど、力いっぱい摑まれてアタシが痛いよ！」

「……し、仕方ないだろうっ!?」

平日の夕暮れ時。

人通りの多い大通りで、第九〇七部隊は一際目立つ存在だった。

というより燐一人がだ。

「これも警戒《けいかい》のためだ、協力しろミスミス隊長！」

自分より小柄《こがら》なミスミス隊長の背中にしがみつき、せわしなく周囲を窺《うかが》う燐。

一歩進んでは立ち止まり、一歩進んでは立ち止まり。

道ばたの会社員や観光客などお構いなしに睨《にら》みつけるせいで、イスカたちから人がどんどん遠ざかっていく。

「この通りを歩いているのがすべて帝国人なのだな。こいつらに私の正体を知られるわけにはいかない！」

「ビクビクしてたら逆に怪《あや》しいよ!?」

「むっ!?　こいつら……私から遠ざかっていく？　どういうことだ隊長？」

ッ

「燐さんが片《かた》っ端《ぱし》から睨みつけてるからだよ！」

あのミスミス隊長がまさかのツッコミ役。

それだけでイスカたちには極めて貴重な光景ではあるのだが。

「おいイスカ、音々」

道路の端《はじ》っこにいたジンが、こちらに手招き。

「お前らもこっち来い。あの二人にくっついてたら俺らまで不審《ふしん》人物扱《あつか》いされるぞ」

「ジン君ひどい⁉」

「……ったく。なにが帝都でなくて拍子抜けしただ」

道の端っこで、ジンがため息。

「帝国のこんなど田舎でこの畏縮《いしゅく》っぷりなら、帝都なんか道路を歩けもしねぇだろ。怪しすぎて警務隊に身分確認されてお終いだ」

「ジン兄ちゃん。ほらアレだよ。檻《おり》の中ではよく吼《ほ》えても、外に出した途端《とたん》に弱気になる子犬っているから……」

「な、何を言う！」

ジンと音々のこそこそ話を聞きつけた燐が、みるみる眉《まゆ》をつり上げて。

「私が怯《おび》えた子犬みたいだと？　戯言《たわごと》を！」

「アタシの背中にくっつきながら大声で怒鳴《どな》らないでってばーーーっ⁉」

「ぐぅっ……お、おいそこの！」

燐のまなざしがイスカへ。

ちなみに街中で「帝国剣士《ていこくけんし》」とは呼ばない約束だ。

「イ、イス………」

ところが。

こちらを見つめる燐は、なぜか歯切れが悪かった。まともに目も合わせようとしないで、息まで止めているのか顔がだんだん赤くなっていく。

「……こんな街中でお前の名を呼ぶのは、妙《みよう》に抵抗《ていこう》がある」

「へ？　どうしてさ」

「そこの黒髪《くろかみ》！」

「呼び方が悪化した⁉」

「う、うるさい。お前の名前ごとき呼ぶのも煩《わずら》わしいと思っただけだ……」

ふぅ、と燐が息を吐《は》く。

「どこまで私を連れて行く気だ。もう大通りをだいぶ歩いたぞ」

「この先のレストラン街だよ。このパンフレットだとお勧《すす》めの店は――」

「はっ⁉……まさか私を人気のない場所に連れていって破廉恥《はれんち》な真似《まね》をする気か！　この変態め！」

「僕の話を聞いてほしいんですけど⁉」

だめだこれは。

人生初の帝国入りで緊張《きんちょう》まっただ中の燐に、イスカは肩を落としたのだった。

カフェテラス『二羽の白鳥《アルビレオ》』――

帝国に何店もの店を出店している有名チェーンだ。帝都にも数多く店を構え、イスカも頻繁《ひんぱん》に利用する軽食店である。

「このお店って変わっててね、カフェだけど紅茶とか珈琲《コーヒー》はそんな評判よくないかわりに、シチューとかカレーとかご飯がめちゃくちゃ美味《おい》しいの。アタシもよくお昼に利用してたねー」

夕食時で賑《にぎ》わう店内。

六人用のテーブルで、ミスミス隊長が慣れた手つきでメニューを広げる。向かいに座る燐にもメニューが見えるようにして。

「この玉子サンドがすっごいフワフワで、こっちのグラタンは隠《かく》し味に超《ちょう》高級なエビの出《だ》汁《し》を使ってるの。あとこのホットケーキ！　注文してから焼き始める本格派で、コレ抜《ぬ》きにこのお店は語れないんだよねー」

「────」

「レストラン街には帝国の郷土料理店もあるけど、こういうカフェの方が燐さんも食事しやすいよね。あとクリームソーダもお勧めだよ。ソーダの上に生クリームがこれでもかってくらい乗っかってて……燐さん？」

ミスミスの目の前で。

燐は、滝《たき》のような汗《あせ》を額にうかべていた。

「……ふぅ……ふぅ……落ちつけ私」

大通りだけでなく店内でも緊張は拭《ぬぐ》えないらしい。メニューを見るよりも、隣席《りんせき》の客や店員の動向から目が離《はな》せない。

「音々とやら、たしか機械に強かったな」

「うん？　まあ一応そうかも」

「あの監視《かんし》カメラは何だ」

音々にこっそり耳打ちした燐が、天井《てんじょう》にあるカメラを視線で示した。

「帝国には、こんな店にまで監視カメラがあるのか？」

「すごく普通《ふつう》の監視カメラだよ。強盗《ごうとう》対策だと思うけど」

「……もしや」

監視カメラを、ほぼ真下から見上げる燐。

「あれは私を監視するためのカメラではあるまいか。私の侵入《しんにゅう》が帝国に筒抜《つつぬ》けで、あらかじめ用意されていた追尾《ついび》システムでは……」

「考えすぎだよ!?　燐さん、大丈夫《だいじょうぶ》だからちょっと落ちついて！」

「だ、だが」

音々に肩を揺《ゆ》さぶられた燐は、いつになく気弱そうな表情で。

「私としてはいっそ破壊《はかい》した方が安心できる……」

「器物破損で捕《つか》まっちゃうよ!?」

「そ、そうか」

「燐さんもっと堂々としてていいよ。音々たちも約束は守るし。誰《だれ》も裏切ったりしないから。はい、ご飯のメニュー」

「……そうか」

メニュー表を差しだす音々をじっと見つめて。

燐が、弱々しく頷《うなず》いた。

「確かにな。私としたことが、大きな使命を負っていることでつい過敏《かびん》になっていた部分はある。もっと自然に振《ふ》る舞《ま》わねば」

「そうだよ！　これは観光くらいの気持ちで！」

「うむ」

燐もようやく緊張がほぐれたらしい。

いや、ほぐれかけたその直前、コツッと燐の背後に聞き慣れない足音が。

「お客様、ご注文はお決ま――」

「背後に気配が⁉」

燐が椅子《いす》から跳《と》び上がる。

「さては敵か！」

イスカが待ったをかける間もなく、後ろの人影《ひとかげ》めがけて燐の回し蹴《げ》りが炸裂《さくれつ》。

カコンッと。

とてもよい音を立てて、ウェイターの頭に燐の踵《かかと》が直撃《ちょくげき》した。

「あ……」

燐が蹴った男の胸には、「店舗《てんぽ》責任者」と書かれた名札が。

「し、しまった！　つい身体《からだ》が！」

「何やってんの⁉」

目を回して倒《たお》れた店長を、イスカが慌《あわ》てて受けとめる。

「音々、すぐに応急処置を」

「う、うん！　でも今の周りに見られたよね……」

「……いや大丈夫。今の蹴りが速すぎて誰の目にも映ってない。ごまかせる！」

と。イスカが断言したそばから。

間の悪いことに、奥から別のウェイトレスがやってきた。

「あー店長ってば、お客さんの椅子に座ってサボりですかぁ？　ずるーい」

「い、いやいや何でもないんです！　ちょ、ちょっと知り合いの店長だったので久しぶりに座って話したくて……あ、あはは……」

ウェイトレスの注意を惹《ひ》くミスミス隊長。

そこに続けるジンが、テーブルにあった水を大急ぎで飲み干して。

「それより水が無くなった。代わりを頼《たの》む」

「ああお水ですね、かしこまりました。店長、そんなとこでサボってたら支配人に密告しちゃいますよー？」

にこやかに去って行く。

イスカの見込みどおり、幸か不幸か目撃者《もくげき》はいなかったらしい。

「ふう。何とかこれで――」

「油断するなよイスカ」

冷《ひ》や汗を拭おうとするイスカに釘《くぎ》を刺《さ》したのは、張本人の燐だった。

「この私が帝国にいるかぎり、今のような不慮の事件《アクシデント》など何度でも起きるはずだ。私は、これを超《こ》える事故を起こす自信がある」

「なんて嫌《いや》な自信だよ⁉」

「覚悟《かくご》を決めろ！」

「その無駄《むだ》に格好いい言葉はどうなの⁉」

すっかり開き直った燐と気絶したままの店長を眺《なが》めた後に、イスカは後ろの部隊三人と顔を見合わせたのだった。

3

夕食を終えて――

深夜のホテル十二階。

しんと静まりかえった廊下《ろうか》。その奥にある待合コーナーで、イスカは缶《かん》コーヒーに口をつけていた。

「……帝国に戻《もど》ってきたんだな」

見つめる先は、缶コーヒーを買ったばかりの自販機《じはんき》だ。

帝国硬貨《こうか》の投入口。世界共通紙幣《しへい》は使えない。国内で製造されて国内でしか使われない自販機だからだろう。コーナーに置かれた新聞も、帝国の新聞社が発行したもの。そこに書かれた記事が帝国国内の情報《ニュース》ばかりなのも懐《なつ》かしい。

一つ違《ちが》いがあるとすれば。

「……さすがに帝都《ていと》とは大違《おおちが》いか」

ホテルの窓から見下ろす景色は、見慣れた帝都とは違う。未来的とも言える帝都のビル群は、ここ帝国の東端《とうたん》の地にはない。

朝三時。

街はひっそりと寝静《ねしず》まっている。このホテルの廊下も、見張り役として部屋の外にいるイスカ以外は誰も歩いていない。

「…………」

缶コーヒーをもう一口。

ここにジンがいれば「珍《めずら》しいな」と指摘《してき》されただろう。誰かと食事を共にする機会でもなければ、自分《イスカ》は、自発的には興奮物質《カフェイン》の類《たぐい》を摂取《せっしゅ》しない。翻《ひるがえ》せば。

わずかな興奮物質《カフェイン》を必要とするほどに、頭と身体が重たいのだ。

……さっきまで仮眠《かみん》してたのに。見張りもジンと交代したばかりだってのに。

……まだ眠気《ねむけ》が残ってるなんて。

理由はわかっている。

本国に帰還《きかん》したことによる、無意識レベルの気の緩《ゆる》みだ。

ネビュリス皇庁《おうちょう》という敵国で堪《こら》えていた疲労《ひろう》が、緊張の糸がほどけたことで噴《ふ》きだしたのだろう。

「そういえばジンも、珍しく読書しないですぐ寝《ね》てたっけ。みんな同じか」

この長い移動もあとわずか。

いまは、明確な終着点《ゴール》がある。

燐を目的地に連れて行く。それさえ済めば、皇庁との関係は綺麗《きれい》に切れる。

「最初はどうなるかと思ったけど、燐も大人しくしてくれてるし」

夕食後は平穏《へいおん》だった。

昼間にさんざん暴れて疲《つか》れたのだろう。ホテルに到着《とうちゃく》後の燐は、借りてきた猫《ねこ》のように穏《おだ》やかだ。今もぐっすりと熟睡《じゅくすい》しているはず。

と思いきや。

カチャ、と。イスカの目の前にある部屋の扉がゆっくり開いていった。

「イスカ……」

「燐？　あれ寝てたはずじゃ……うわ、目が真っ赤⁉」

よろよろと扉《とびら》から顔を出したのは燐だった。

寝ていたはずなのに昼間と同じスーツ姿。さらにはぐったりと疲れきった土気色の顔で、目も徹夜《てつや》明けのように真っ赤に充血《じゅうけつ》しているではないか。

「もしや寝てない？」

「…………」

こくんと燐が首肯《しゅこう》。

「一人部屋にしたのが失敗だった。帝国《てき》のホテルで単独になった途端《とたん》、誰かに見張られているかのような重圧で身体が強ばってしまって……」

「警戒《けいかい》しすぎだろ⁉」

「ここは帝国《ていこく》だぞ。ホテルの部屋すべてに盗聴器《とうちょうき》と隠《かく》しカメラがあっても……」

「そんな心配ないってば」

「……そこでだ」

ぐったりとした茶髪《ちゃぱつ》の少女が、手招きしてきた。

「恥《はじ》を忍《しの》んで言う。お前に手伝ってもらいたいことがある……」

「部屋のチェックでいい？　怪《あや》しい機械が無いかどうか」

「よくわかったな」

「僕らも似た経験してたからね。あの屋敷《やしき》で」

ルゥ家の別荘《べっそう》でだ。

帝国部隊《じぶんたち》のために用意された部屋に、カメラのような仕掛《しか》けがないか念入りに調べたのは記憶《きおく》に新しい。

……あの時はシスベルが「そんなものありませんわ」って断言してくれたっけ。

……だから燐の気持ちも頷けるんだよなぁ。

「わかった。それくらいは手伝うよ」

燐の部屋へ。

リビングをはじめ何もかもが驚《おどろ》くほど綺麗なのは、警戒のあまり何一つ未使用のままだからなのだろう。

「カーテン裏もコンセントまわりも怪しい機器なし。壁《かべ》に小さな穴が空いてることも無い。

ほら言っただろ。普通《ふつう》のホテルだよ」

「……わかった。部屋に仕掛けがないことは認めよう」

燐がほっと胸をなでおろす。

「ようやく部屋が使える」

「それは何より。じゃあ僕は見張りに戻……」

「まだ続きがある」

「へ？」

「朝六時にはホテルを発《た》つのだろう。あと三時間も残ってないからな」

点検は終わったはずなのに。

首を傾《かし》げるイスカの見ている前で、燐がスーツケースから取りだしたのは自前のタオル。

それも燐の身体を包めるほど大きなものだ。

「私はアリス様の従者だ。王家に仕える者として常に身を清潔にしておかねばならない。身だしなみは重要だからな」

「具体的には？」

「……ここ、だ」

燐が、バスルームを指さした。

気のせいだろうか。土気色の顔ながらも、ほのかに頰《ほお》が赤らんでいる気がする。

「私はここに用がある。わかるな？」

「……うん。だから僕にさっさと外に出ろってことだろ」

「っ！」

燐がキッと睨《にら》みつけてきた。

自分《イスカ》としては気を利《き》かせたつもりが、どうやら最適な返事ではなかったらしい。少女が、手にしたタオルをぎゅっと握《にぎ》りしめて。

「だから、その……ええい！　なぜわからない！」

「何がさ」

「〜〜〜っ！　ああもうっ！　だから、私が入浴している間、この部屋で見張っていろと。そう言っている！」

燐が吼《ほ》えた。

「さすがの私も入浴中は無防備だ。たとえ部屋に盗聴器がなかろうと、この清らかな乙女《おとめ》を狙《ねら》って帝国軍が突入《とつにゅう》してくる可能性はある」

「絶対ないし⁉」

「念には念をだ。とにかく私が入浴を終えるまで、お前には私の荷物と部屋を見張っていてもらう」

「……一応聞いておくけど、本気で？」

「無論だ。私も言いふらす気はない。お前の部隊三人に知られないよう、このことは秘密にしておけばいい」

タオルを抱《かか》えた燐が背を向けた。

と思いきや、何かを思いだしたようにくるりと半回転して。

「お前はここで待機だ。浴室の扉に触《ふ》れたら一生ケダモノ扱《あつか》いと心得ろ」

「しないって」

「風呂《ふろ》から漏《も》れる湯気のにおいを嗅《か》いでも同罪だ」

「どんな変態だよ!?」

「とにかく大人しく待っていろ。……特別に、私の持参した最高級の紅茶の茶葉をくれてやる。好きに淹《い》れて飲んでいればいい」

燐が早足で浴室へ。

彼女が去って行った後のテーブルには、これと思《おぼ》しき紅茶セットが。

「……僕が缶コーヒー飲んでるのを見たからかな」

見張りの報酬《ほうしゅう》というわけだ。

そんな粗末《そまつ》なコーヒーよりは上等だという、燐なりの気遣《きづか》いなのだろう。

「ただ缶コーヒー飲んだ後にすぐ紅茶……ああでも、この紅茶に僕が手を付けなかったら、それはそれで怒《おこ》るよなぁ。『そうか。私の持参した紅茶など不味《まず》くて飲めないか』とか言って睨んできそうだし……」

言い逃《のが》れのために一杯《いっぱい》だけ飲んでおこう。

茶葉の袋《ふくろ》を開けて、部屋に備え付けのポットにお湯を注いでしばし待つ。

ゴッ、と。

何かが激しくぶつかる音が伝わってきたのは、その時だ。

「……今のは」

鈍《にぶ》い音。気のせいでなければ、燐が向かった浴室からだった。

「燐？　何だかすごい音がしたけど」

返事はない。

浴室の扉が閉まっているせいか、それともシャワーの水音に消されてしまったのか。

……軽い物音じゃなかったぞ。

……何十キロっていう重さを感じる音だった。

見張りを頼《たの》む。

そう任された自分《イスカ》が見過ごせる物音ではなかった。

「燐？　おい燐っ！」

脱衣所《だついじょ》の扉のぎりぎり手前まで歩いて、彼女の名を呼んでみる。

返事はない。

扉の向こうからシャワーの水音は聞こえてくるのだが、本人からの返事がない。

「おい燐⁉……本当に聞こえてないのか！　いいか、あと五秒待っても返事がなかったら脱衣所の扉を開けるから！」

瞬《また》きのように一瞬《いっしゅん》で過ぎ去る五秒。

こくんと息を呑《の》みこんで、イスカは脱衣所の扉に手をかけた。

——浴室。

熱気と水滴《すいてき》とで曇《くも》ったガラス壁《へき》の向こう。

おぼろげに透《す》けて見えたのは、シャワーノズルを握ったまま壁にくずおれた少女の人影《シルエット》だった。

「燐⁉……大丈夫《だいじょうぶ》か！」

ガラスを叩《たた》いて呼ぶが、燐はうつむいたまま。

意識がない？

「っああもう！　あとで怒るなよ！」

並べてあるバスタオルを摑《つか》み取って、浴室のガラス扉を開ける。

「燐！」

真白い湯気のなか、床《ゆか》のタイルに座りこむようにして動かない。そんな燐の裸身《らしん》をバスタオルでくるんで抱《だ》き起《お》こす。

「……う……」

濡《ぬ》れそぼった少女から零《こぼ》れる吐息《といき》。

おそらくは疲労困憊《ひろうこんぱい》で入浴したことによる目眩《めまい》だろう。

……帝国に来て極度に緊張《きんちょう》していたから？　でもまだ一日じゃないか。

……だとしたら多分ずっと前からだ。

思えば燐は、皇庁《おうちょう》にいる時から常に任務に追われていた。

アリスの従者兼《けん》護衛として。雪と太陽《スノウ・ザ・サン》への侵入《しんにゅう》も計画段階から参加して、万全となるよう手配していた。

皇庁で気を張りつめていたのは、自分たちだけではなかったのだ。

「燐、このままリビングに運ぶから」

バスタオルにくるんだ少女を抱えて、ソファーに寝《ね》かせる。

あとは様子を見よう。改善しなければホテルの医務室に？　いや、こんな裸《はだか》の状態では、万が一にも燐が魔女《まじょ》だと知られてしまうかもしれない。

「ミスミス隊長か音々を起こすのが一番か。僕が変な目で見られそうだけど……」

「っ、う……」

茶髪の少女が弱々しく目を開けた。

「燐!?　ああよかった。どうしたことかと思ったよ」

「………」

仰向《あおむ》けに寝ていた体勢から、燐がゆっくりと上半身を起こした。

バスタオルにくるまれた自分の身体《からだ》をしばし眺《なが》めて。そして壁にぶつけたらしい後頭部をさすりながら。

「……私は」

燐がソファーから起き上がった。

軽く覆《おお》う程度だったバスタオルを胸元でしっかり留めて、水気を帯びた前髪《まえがみ》をさっと手で払《はら》いのける。

「……そうか」

神妙《しんみょう》な面持ちで頷《うなず》いて。

「私としたことが不覚だった。まさか入浴の最中に意識を失うとは」

「気がついてよかったよ。状況《じょうきょう》はわかる？　たぶん疲労《ひろう》が――」

「言うな。すべて理解した」

イスカの口を制止して燐が続けた。

「こういうことだろう。私が入浴していることに欲情《よくじょう》したお前は、私の不意を突《つ》いて後ろから襲《おそ》いかかった」

「……はい？」

「そして私をより弄《もてあそ》ぶためにソファーに運んだと」

「い、いやいやちょっと待った!?　何か大きな誤解が――」

「誤解などない！」

濡れそぼった少女が大きく足を踏《ふ》みだした。

その勢いでバスタオルの端《はし》がめくれて健康的な太ももが露《あら》わになるが、本人はそれにも気づかないほどの剣幕《けんまく》で。

「この私が、よりによって風呂に入った途《と》端《たん》にのぼせて目を回していたなんて……そんな恥《は》ずかしい事実は存在しない！」

「わかってるじゃん!?」

「……くっ。私としたことが」

ぽちゃっ。

髪《かみ》の毛先からしずくを滴《したた》らせながら、燐が奥歯を嚙《か》みしめた。

「父上にしか見せたことのない私の裸を……よりによって帝国人《ていこく》のお前に……あんな所やこんな所まで……」

「だ、だから仕方なくだって！」

「それはわかっている。お前を責める気はない」

燐が歯を食いしばった。

バスタオルに隠《かく》れた胸に、手をぎゅっとあてながら。

「だがイスカ。一つ大事なことを言っておく」

「な、何さ……」

「お前の見たものが私の本気だと思うなよ。不覚にもシスベル様に追い抜《ぬ》かれはしたが、必ずやシスベル様の大きさ《サイズ》を抜き返してみせる！」

「何のこと!?」

「いつまでも大平原のごとき平地ではない。いずれアリス様にも追いついて、ゆくゆくはイリーティア様級のそれは立派なものに育つのだから！」

「……僕、もう帰っていいよね」

「あ、こら逃《に》げるな！　いいか私の胸のことを言ったら許さ――――」

燐がバスタオル姿で迫《せま》ってくる。

過去最大級の勢いでまくしたてる少女から、イスカは大慌《おおあわ》てで逃げだした。

＝

数時間後。

帝国二日目となる早朝に――

「待てイスカ。まだこの街でやることがある」

「ん？」

「こっちに来い」

ホテルの外に出てすぐのこと。

駐車場《ちゆうしや》に向かおうとしていたイスカは、燐の手招きに呼び止められた。

「やること？」

「こっちだ。ついてこい」

燐が向かっているのは繁華《はんか》街《がい》だ。

ホテルの駐車場からは反対側の方角である。

「みんなもう駐車場で待ってるし。シスベルのところに急ぐんじゃ？」

「せいぜい数分だ」

燐が大通りを颯爽《さっそう》と歩きだした。

ミスミス隊長の陰《かげ》に隠れていた昨日よりも多少は落ちついたらしく、イスカと並行して歩く足取りも軽やかに見える。

「そういえば燐、今さら聞くけど服装戻《もど》したんだ？」

「スーツは動きにくい。やはりこちらの方が慣れている」

従者用の家政婦服へ。

ただしイスカが今まで見てきた家政婦服とは、わずかながら形状が違《ちが》う。一言で言えばより動きやすいよう洗練されたデザインだ。

「私なりに帝国を見てきた上での判断だ。帝国人の服をな」

「というと？」

「私が家政婦服でいようと誰《だれ》も不審《ふしん》には思うまい。せいぜい喫茶店《きっさてん》のウェイトレスが通りを歩いているくらいの感覚だろう？」

なるほど。

その経験は昨夜、夕食時に入ったカフェテラスで得た知見に違いない。

……あんなに緊張で畏縮《いしゅく》してたのに。

……帝国の街の見るべきところは見てたのか。

流石《さすが》というか抜け目ない。

とはいえ観察される側の帝国人としては複雑な心境ではあるが。

「私だけではない。アリス様も服を新調された」

「アリスが？」

その何気ない一言に、イスカは思わず足を止めて聞き返していた。

「アリスが服をって。あの王衣《ドレス》から替《か》えたってこと？」

「……しまった」

燐が口を隠す仕草。

口が滑《すべ》ったという意思表示なのだろう。とはいえイスカも聞いてしまった以上は気になる話題だ。

「言っておくが他言無用だぞ。お前の部隊の三人にもだ」

「そりゃ言わないよ。言わないけどさ……」

つい気になってしまう。

アリスリーゼ・ルゥ・ネビュリス９世の白を基調とした王衣《ドレス》は、おそらくアリスの為《ため》に仕立てられた専用衣装だったはず。

それを変更《へんこう》？

アリスにどんな事情があったのだろう。

「気になるか？　だが言わんぞ。これはアリス様と王家の関わりによるものだ。帝国兵に教えるわけにはいかない」

「わかってる。僕だって詮索《せんさく》する気はないさ」

燐からすれば嘘《うそ》でごまかすこともできるのだ。

それを素直に「教えるわけにはいかない」と正直に伝えてきたこと自体が、帝国兵への最大限の譲歩《じょうほ》といっていい。

だから、自分《イスカ》にできるのは想像すること。

……帝国軍だと大きな昇任《しょうにん》くらいのはずだ。がらっと服装が替わるのは。

……でもアリスが昇任？　王女の上って？

女王しか思いつかないが、まさか女王ではあるまい。

それとも別の理由での衣装替《が》えなのか。

「うーん」

「ふふん、考えているな？」

「……いや、思いつかないよ。かわりに別のことを聞かせてほしいんだけど。僕らどこに向かってるのさ？」

もう繁華街のまっただ中だ。

ホテルも既《すで》にはるか後方。このまま歩けばジンや音々、ミスミス隊長の待つ駐車場から離《はな》れていってしまう。

「ここでいい」

大通りのど真ん中で燐が止まった。

もちろん歩行者の通りも多い。そんな場所で堂々と立ち止まった燐が、鞄《かばん》から高級そうなデジタルカメラを取りだした。

「そうだな。まずは目立ちそうなあのビルから」

そして撮影《さつえい》。

ホテルを出てすぐの繁華街の光景を、何枚も何枚も撮《と》りだしたではないか。

「記念撮影だ。なんといっても私は観光客だからな」

「……ああ。そういうことか」

何とも密偵《スパイ》らしい発言だ。

たとえば警務隊に呼びとめられた時。身分を観光客として騙《かた》るなら、帝国《ていこく》の観光写真の一枚や二枚撮っているのが自然だろう。

「……僕の立場上、こうも堂々と密偵《スパイ》活動されるのはちょっとなあ」

「機密情報でないなら問題あるまい？　私の撮っている写真なんて、帝国の旅行ガイドで公開されている写真と変わらん」

「まあそうだけど……」

「ふぅ。まったく文句が多い。ならば別の写真にしてやる」

燐が嘆息《たんそく》。

と思いきや、こちらの肩《かた》に彼女が手を乗せて密着してきた。カメラレンズを自分たちに向けて――

「ええとっ⁉」

「暴れるな、ピントがずれる」

自分《イスカ》と燐の自撮り写真《ツーショット》。

観光都市の大通りで若い男女が二人きりの写真撮影。イスカが動いてしまったため多少ぼやけているものの。

「……すっごい変なことというけど。誤解されそうな写真」

「大事な写真だ」

いたって真面目《まじめ》な口ぶりで、燐。

撮ったばかりの自撮《ツーショット》りをさっそく確認しながら。

「帝国に入った私が無事であること、そしてお前が約束どおり同行している。この二つを同時に証明するにはうってつけの写真だ」

「これをアリスに送るの⁉」

「当然だ」

燐が肩をすくめてみせる。

「いまアリス様は大変な心配をされている。なにせ最愛の従者《わたし》が、敵地で孤独《こどく》な戦いを強いられているのだから」

「……孤独かなぁ。僕らだいぶ手助けしてるけど」

「帝国の国境検問所《チェックポイント》通過時、戦車三台に後ろを追跡《ついせき》された壮絶《そうぜつ》な追跡劇《カーチェイス》は、それはそれは危険な戦いだった」

「どんだけ誇張《こちょう》して報告する気⁉」

「誤差の範囲《はんい》だ」

デジタルカメラをしきりに操作する燐。

市販《しはん》カメラには付いていない、小さなボタンを複雑な手順で押し込んで。

「よし。これで送信は完了《かんりょう》。それと安心しろ、送ったのは私たちの自撮り画像《ツーショット》だけだ。帝国の機密情報は一切ない」

「僕の顔写真？　アリスに見られるのは何か変な感じだけど……」

「はっ、何をいう。大事なのは私の顔だ」

カメラを鞄にしまいこむ。

目的を果たした燐は、満足げに天を仰《あお》いだのだった。

「私の無事に、アリス様もさぞ喜んでくださるに違いない」


ネビュリス王宮、星の塔《とう》。

王女の私室で。

「……何だか妙《みょう》に楽しそうね」

アリスは机に頬杖《ほおづえ》をつき、いかにも不機嫌《ふきげん》そうな表情でそう呟《つぶや》いた。

手元には小型のモニター。映っているのはアリスの知らない街の風景だが、これは燐がカメラで撮った帝国の街並みだという。

それ自体は構わない。

燐の無事はもちろん嬉《うれ》しいし、シスベルの追跡も順調という報告に勇気づけられたことも事実なのだが。

「……んー」

アリスが睨《にら》んでいるのは、燐とイスカが自撮《ツーショット》りで写った写真だ。

「燐あなた、イスカと距離が近すぎではなくて？」

写真はまだある。燐とイスカが並んで歩いている写真。カフェで彼が食事しているのを、近接距離から燐が撮った写真。

密偵《スパイ》と悟《さと》られないための演技だろう。

それはわかる。

これが必要な行為《こうい》であることも重々理解しているつもりだが。

「もうっ！　燐ったら、いつも言ってるでしょ。イスカはわたしのモノなのに……」

ついソワソワしてしまう。

自分《アリス》という好敵手《ライバル》がいない間に、イスカが別の異性といったい何をしているのか気になって仕方がないのだ。

……まあ燐だものね。

……事情が事情だし、シスベルのようにならないとは信じてるけど。

過去にも似た心地を味わったことがある。

妹《シスベル》がイスカと手を繋《つな》いでいる時だ。

あの時の妹《シスベル》は本気でイスカを奪《うば》いにきていた。それゆえアリスも殺意というものを抱《いだ》きそうになったが、それと比べれば許容範囲と言えるだろう。

「でもね燐？　これ以上イスカに近づくのはだめよ。許可できないわ」

小型モニターに向かって、アリスは首を横にふってみせた。

もちろん燐に届くわけもないのだが。

「あなたにその気がなくてもよ。帝国という遠い離れた場所でイスカと二人きりだなんて、そんなことは……」

アリスの脳裏に浮《う》かんだ光景——


〝君を独りにさせるものか。僕が必ずそばにいる〟

〝帝国剣士《けんし》……いやイスカ。いいのか？　私のような女で……〟

帝国で、不安に怯《おび》える燐。

そんな燐を支えるイスカ。彼の優しさを最初は拒《こば》んでいたものの、やがて燐も心を開き、二人の距離は縮まっていく。

「そして二人の間には……敵対関係を超《こ》えた禁断の感情が芽生えてしまうかもしれない。いいえきっとそうよ！」

やがて二人は決断するのだ。

愛の逃避行《とうひこう》。

さよならアリス、さよならアリス様――そう言い残して、二人は皇庁《おうちょう》でも帝国でもない遠い地へ。二人だけの愛の巣を育むために。

「そんなの不健全だわ⁉」

小型モニターを放りだし、アリスは頭を掻《か》きむしった。

「皇庁と帝国の人間が恋《こい》だなんて、そんなの言語道断よ！　許されないわ！」

もしかして。

写真に写っていない所では、二人はもっと凄いことまで進展してしまっているのでは？

すなわち大人の世界へ。

「も、もしかして……接吻《キス》までしちゃってるとか……あ、あああっ！　だめだめだめ！　こうしちゃいられないわ。これ以上の破廉恥《はれんち》な行為は禁止だって燐に伝え――」

「何が禁止なのですか？」

「ひゃんっ⁉」

背中にかかった声に思わず飛《と》び跳《は》ねた。

おそるおそる振《ふ》り向《む》けば、そこには寝間着《ねまき》姿の女王《はは》が。

「アリス、夜に騒《さわ》ぐのは感心しませんよ。廊下《ろうか》の兵たちが聞きつけたらどうしますか」

「し、失礼しましたお母様！」

手元のモニターを慌《あわ》てて後ろに隠《かく》す。

……危なかったわ。お母様はイスカを知らないはずだし。

……ここに映っている彼は誰《だれ》ですか？　なんて聞かれたら面倒《めんどう》よね。

髪《かみ》を乾《かわ》かして手櫛《てぐし》で梳《す》く女王《はは》だが、つい十分前にリビング向こうの浴室に入っていったばかり。それがもう出てきたらしい。

この早さでは、まともに浴槽《よくそう》にも浸《つ》かってないのでは？

「お母様、お風呂《ふろ》もう上がられたのですね」

「昔からの癖《くせ》ですよ。密閉した狭《せま》い場所、蒸気で視界が悪く、武装もない姿で孤立《こりつ》。襲撃《しゅうげき》されれば面倒ですから」

「お母様にはわたしがついていますわ」

「もちろん」

湯上がりで上気した頰《ほお》の女王《はは》が、微《かす》かに笑った。

「でも母としては娘《むすめ》に負担をかけたくないのです。ただでさえ毎晩アリスの部屋に押しかけているのですから」

「いいんです。夜にお母様と一緒《いっしょ》でわたしも安心できますから」

数日間、一緒に寝《ね》ましょう——

それはアリスが昨晩のうちに女王《はは》に提案した防衛手段だ。

……お母様はまだ負傷中だし。

……わたしも燐がいないから。夜は一緒にいた方がいいものね。

星霊《せいれい》の相性も抜群《ばつぐん》なのだ。

アリスの「氷」は銃撃《じゅうげき》や爆発《ばくはつ》に強い一方で、催涙《さいるい》ガスや煙《けむり》のような「空気汚染《おせん》」は氷の壁《かべ》で防ぎきれない。

女王《はは》の「風」ならば、それらを容易《たやす》く吹《ふ》き飛ばすことができる。

「お母様、何か飲み物はいかがです?」

「いえ大丈夫《だいじょうぶ》ですよ。明日も早いので、お先にベッドを借りてしまいますね」

「はい。わたしもミルクだけ飲んだら寝ます」

女王《はは》が寝室《しんしつ》へ。

自分に似た金髪《きんぱつ》がさらさらとなびく背中を見送って、アリスはほっと胸をなでおろした。

後ろに隠していた小型モニターは気づかれなかったらしい。

「……ふう。危ないところだったわ」

リビングのクローゼットを開けて、その隅《すみ》っこに小型モニターをしまう。

数年前からお決まりの「隠し場所」だ。

知っているのはアリスと燐の二人だけ。ちなみに、燐にも秘密にしたい物がある時は、さらに別の場所に隠すのが習慣だ。

燐さえ滅多《めった》に足を踏《ふ》み入れず、入ったとしても長居はしない場所。

それがどこかというと――

「おや、これは？」

女王《はは》の声は寝室からだった。

「アリスこれは何でしょう」

「どうしたのですお母様？」

「いえ、枕《まくら》がずれていたので直そうとしたら、枕の下にこんなものが」

寝室のベッド脇《わき》で、女王《はは》が手にしていたのは携帯《けいたい》型の映像端末《たんまつ》だ。アリスがリビングに隠したものとは別のものである。

「……しまっ⁉」

しまった。

危うく口にしかけた言葉を、アリスは慌てて呑《の》みこんだ。

まずい。その端末には禁断の映像が収まっているのだ。誰にも知られてはいけないが、特に女王《はは》には絶対に見せられないものが。

「お、お母様それは！」

「ふむ……見覚えがありますね」

映像端末を手にした母が、不思議そうに首を傾《かし》げて。

「ああ、隠れ家《セーフハウス》の監視《かんし》カメラの映像を保管する端末ですね。アリス、あなたが持っていたのですか」

「い、いえ……あの……その……それはちょっと…………」

「？」

「お母様っ！」

意を決してアリスは叫《さけ》んだ。

「そ、その端末はわたしが使いたくて！　あの、だから返し――――」

遅《おそ》かった。

アリスが手を伸《の》ばすより先に、女王は端末のボタンを操作して映像を再生させていた。

映っているのは二人の男女。

一人は燐。もう一人はイスカだが、女王《はは》視点では見知らぬ少年に映ったことだろう。この最近アリスが毎晩視聴《しちょう》している映像だが、何が問題かというと——


〝あ、あの……シャワー浴びてきたんだけど……〟

〝な、ななな何てものを見せているんだ貴様は！　わ、私だって……まだ十七の乙女《おとめ》だぞ。この露出狂《ろしゅつきょう》が！〟


一週間ほど前、ルゥ家の隠れ家《セーフハウス》で撮《と》られた映像である。

モニターを見つめる女王《はは》の目には、黒髪《くろかみ》の少年の一糸まとわぬ裸身《らしん》がありありと焼きついてしまったに違《ちが》いない。

細身ながらも鍛《きた》え抜《ぬ》かれた彼の肉体。

濡《ぬ》れた黒髪。その毛先から滴《したた》り落ちた水滴《すいてき》が、彼の首筋を伝っていくのが何とも怪《あや》しげな大人の艶《つや》やかさを感じさせる。

「こ、これは⁉」

驚《おど》きの声を上げる女王。

あまりに突然《とつぜん》かつ刺激《しげき》的な映像を見つめたままで。

「アリスあなた、男性の裸《はだか》を、こんな鮮明《せんめい》な映像を、枕の下に……これはいったいどういうことですか！」

女王《はは》の頬が、ほのかに赤く染まっていく。

――まさか娘が。

――こんな異性の裸を盗撮《とうさつ》なんて。

そんな目で母親から見つめられる経験は、アリスには未知の衝撃《しょうげき》だった。

「ち、違うのです⁉　待ってお母様……ええとそう、そうですわ。これはあの……貴重な敵資料です。敵を知るために――――」

「これは年下の少年ですね！」

「ですからそうではなくて⁉」

アリスの制止もむなしく。

女王《はは》の目は、もはや動画に釘付《くぎづ》けだった。

「こんないたいけな少年を裸にさせて……いえ。確かにこの年頃《としごろ》の少年には、大輪の花が咲《さ》く直前の蕾《つぼみ》のごとき耽美《たんび》な魅惑《みわく》があるのは認めましょう」

「……はい？」

「日焼けした肌《はだ》は、まさに青春を生きる少年の趣《おもむき》が込められていますね。首筋に浮《う》かび上がる胸鎖乳突筋《きょうさにゅうとつきん》も美しい。何より濡れそぼったこの黒髪。うなじに張りついた毛先のちょっと撥《は》ねた感じなど、もはや尊いと言うしか……」

「……あのぉお母さま？」

「ですが！」

女王《はは》が勢いよく顔を上げた。

娘《アリス》をも圧倒《あっとう》するような勢いで振り向いて。

「ですがアリス！　王女たる者、ぐっと堪《こら》えて我慢《がまん》すべきではないですか。こんな純朴《じゅんぼく》な少年をこうも破廉恥に辱《はずかし》めるなんて。何より母としては、大人の男の素敵さも知ってもらいたいと思うわけです！」

「お母様！　ですからこれは破廉恥な行為《こうい》ではありません！」

顔を真っ赤に染めてアリスも言い返す。

「これは敵情視察ですわ。私はこれを毎晩見ることで彼の裸を……じゃなくて彼のことをよく知ることができるのです。日々研究を欠かさずに――」

「毎晩！」

「そこは強調してないですわ⁉」

時既《すで》に遅し。

この黒髪の少年が誰かを知らない女王の目には、これが、娘《アリス》が夜な夜な視聴していた不《ふ》謹慎《きんしん》な映像にしか思えなかった。

「没収《ぼっしゅう》です」

「だめぇぇぇぇっっ⁉」

「あ……ちょっとアリス？　こら手を離《はな》しなさい！」

端末を取り上げようとする女王《はは》を、アリスは無我夢中で止めたのだった。

Intermission 『この世界の中心』

ここ帝国《ていこく》における最高権力者は？

そう問われたなら、帝国民と諸外国の答えは「帝国議会」で一致《いっち》するだろう。

帝国全土から選《え》りすぐられた権力者と識者と大富豪《だいふごう》――わずか数百人の議員によって、帝国のすべてが決定される。

だが。

そんな帝国議員たちには、誰《だれ》もが知る究極の不文律が存在する。

――八大使徒には逆らうな。

議会を牛耳《ぎゅうじ》る八人の最高権力者。

彼らこそが帝国の頂点であることは、帝国民や諸外国にはそれほど知れ渡《わた》っていない。

八大使徒という存在そのものが機密であるからだ。

彼らの存在を知っているのは、帝国議員と帝国軍の兵に限られる。

ゆえに八大使徒こそ最高権力者――

「なんてことはないんだよねぇ。これが」

コツ……コツッ……と

硬《かた》い靴音《くつおと》を響《ひび》かせて、そこに自らの声を重ねるように。

「まったく不思議というか間抜《まぬ》けというか。帝国民も諸外国のお偉《えら》いさんも、帝国議会も、みんな誰も彼もわかっちゃいない。いや、忘れてるだけかな？」

通路を行くのは、知的な黒縁《くろぶち》眼鏡《がね》がよく似合う長身の女軍人だった。

璃洒《リシャ》・イン・エンパイア――

わずか二十二歳で帝国軍最高戦力「使徒聖」の、その第五席に上りつめた才女である。

「本当はみんな知ってるはずなのにねぇ。誰が一番偉いのか」

眼鏡の奥で。

朱色《しゅいろ》に塗《ぬ》られた通路を進みながら。

「世界の頂点は、天帝《てんてい》閣下をおいて他になし」

天帝ユンメルンゲン――

ここ帝国の象徴《しょうちょう》であり、璃洒が仕える唯一《ゆいいつ》の主《あるじ》。

この「天帝」こそが頂点なのだ。

ただし、天帝は動かない。

天守府と呼ばれる『窓のないビル』を住まいとして隠遁《いんとん》し、自らは権力を行使しない。

だから人々は、最高権力者が誰であるかをしばしば忘れる。

「まったく暢気《のんき》なもんだよね。閣下が八大使徒に睨《にら》みをきかせてなかったら、とっくに帝国と皇庁《おうちょう》は全面戦争を始めてるってのに」

ガラスの渡り廊下《ろうか》を進む。

四重の塔《ビル》の最上部『非想非非想天《ひそうひひそうてん》』。そこに足を踏《ふ》み入れた途端《とたん》、ツンと強い草の香《かお》りが璃酒の鼻を刺激した。

「天帝閣下」

『────』

天井《てんじょう》から吊《つ》り下げられたカーテンの向こう。

ロウソクの火で透《す》かされたように、天帝の影《かげ》がゆらゆらと揺《ゆ》れる。

「一つ提案ですが、この畳《たたみ》とかいう床《ゆか》をすべてフローリングに張り替《か》えませんか？　草の匂《にお》いが強すぎてウチの鼻が曲がりそうです」

『構わないよ。その予算はお前の給料からしょっ引くけども』

さっとカーテンが開いたその先に——

クスクスと笑う、銀色の獣《けもの》がいた。


全身の毛並みは狐《きつね》のよう。

だが顔は、さしずめ猫《ねこ》と人間の少女を足し合わせた……と喩《たと》えるべきか。子猫《こねこ》のように目が大きく、一見すれば人なつこいとさえ思える相貌《そうぼう》。口の端《は》からのぞく鋭《するど》い八重歯さえ愛嬌《あいきょう》があるように思えてしまう。

その獣が椅子《いす》に座って足を組み、頬杖《ほおづえ》をついていたのだ。

——獣人。

おとぎ話にしか存在しない伝説の存在が、だ。

『早かったね璃洒』

「そりゃあもう。閣下ってば、ウチが遅刻《ちこく》したらまた不機嫌《ふきげん》になるじゃないですか。退屈《たいくつ》指数が増大だーって」

『ん？　メルンはそんなに狭量《きょうりょう》じゃないよ』

天帝ユンメルンゲンが声を弾《はず》ませた。

『それでどうしたんだい』

「天帝閣下が気にされていた件です」

『何だっけ？』

「黒鋼の後継《こうけい》が戻《もど》ってきたようですよ。ほら、しばらく帝国の外に出ていた第九〇七部隊のことです。さて、どこだっけ……」

メモ用紙を広げる璃洒。

そこに印刷された地図をさっと一瞥《いちべつ》して。

「ああ極東アルトリア管轄《かんかつ》区みたいですね。そこの国境検問所《チェックポイント》を通過する際に、帝国軍の身分証を提示したという履歴《りれき》が残ってますので」

帝都《ていと》からは距離《きより》がある。

最短で帰還《きかん》するにしてもあと数日はかかるだろう。

『……困ったねぇ』

椅子の上で、銀色の獣人がやれやれとため息。

『あの星剣《せいけん》は大切なものだから。あまりフラフラと外に持ち出されるのは困るんだよね。クロはそんなことも伝えてなかったのか』

「クロ……ああ彼ですか。これまた懐《なつ》かしい名前で」

クロスウェル・ネス・リビュゲート。

かつての使徒聖筆頭で、天帝の懐《ふところがたな》刀として活動していた時期もある。

「イスカの師だったなんて話は聞きましたけど、今はどこで何をしてるんですかね。あの風来坊《ふうらいぼう》は」

『興味ない。好きにさせるといいよ』

銀色の獣人が大きくあくび。

人間の歯には決してない、鋭い牙《きば》が並んでいるのが覗《うかが》える。

『璃酒、黒鋼の後継をここに呼んでおいで』

「おっ。ということは……」

『頃合《ころあ》いだ。星剣について、あの不出来な師の代わりにメルンが一から教示してあげる』

「いよいよですか」

眼鏡のレンズの奥で、璃酒は視線を細めていた。

――星剣。

星の民と呼ばれる者たちが鍛《きた》え上げた『器《うつわ》』が、何を意図して生みだされたのか。

イスカという少年は真相を知らされていない。

せいぜいが「師から託《たく》された訳ありの剣」という認識だろう。

「八大使徒は焦《あせ》るでしょうね」

『それも狙《ねら》いだよ。メルンが動くことで奴《やつ》らがボロを出してくれないかなって……ふぁ』

そして再び大あくび。

『あーもう二時間も起きっぱなしだよ。メルンは寝《ね》る』

「はいはい。じゃあ第九〇七部隊が帝都に帰還したら起こしますね。極東アルトリア管轄区なんで当分までだでしょうけど」

『……璃洒、いま何て』

「はい？」

背を向けた璃洒が、天帝の言葉を受けて振《ふ》り返《かえ》る。

目の前――

いつ移動したというのか。

壇上《だんじよう》の椅子に座っていたはずの銀色の獣人が、畳の上に、まるで猫のように丸く屈《かが》んで璃洒を見上げていたのだ。

『極東アルトリア？　アルトリアって言ったのかい』

「ええ。さっきそう言って――あっ」

璃洒が手にしたメモを、さっと天帝が奪《うば》いとった。

まさしく獲物《えもの》に飛びかかる狐か猫さながらの敏捷《びんしょう》さでだ。

『……アルトリア』

「どうしたんですか閣下、そんな地図なんて見なくても頭に入ってるでしょう？」

『気が変わった』

天帝ユンメルンゲンが嗤《わら》った。

人間の手のように分化した手が、メモ用紙をくしゃっと握《にぎ》りつぶす。

『思い出のある名前だ。璃洒、すぐ準備しておいで』

「というと」

『行くんだよ。メルンとお前とで』

「はぁ!?　ちょっと待って閣下！　ウチこの後は司令部指揮官との大事な会議があって、その後は記者会見の準備があるんですが！」

『おや？　「世界の頂点は、天帝閣下をおいて他になし」。メルンの言うことは絶対なんだと。自分でそう言ったじゃないか璃洒？』

「……聞いてたんですかい」

獣人に手を引っ張られ、璃洒は渋々《しぶしぶ》と頷《うなず》いたのだった。

まったくこの御方《おかた》は。

Chapter.4　『禁じられたもの・忘れられた名前』

1

極東アルトリア管轄区。

帝国《ていこく》の東端《とうたん》にある管轄区の、中心たるアルトリア市――

「ここは工業地域か？」

「見てのとおりだろ」

大型車《ワゴン》の車窓を見つめる燐《リン》の呟《つぶや》きに、応じたのはジンだった。

「こんなど田舎《いなか》なら土地は有り余ってる。国境周辺はそれを酪農《らくのう》に利用して、ここじゃ工業に利用してるらしい。必要な鉄鉱石は帝国のそこら中で採れる」

「……軍事企業《きぎょう》だな？」

「そんな大層なのが田舎にあるかよ。せいぜい車か飛行機だ」

広大な緑の平野にぽつぽつと建つ巨大《きょだい》な製造工場。煙突《えんとつ》からは浄化《じょうか》処理後の薄《うす》い白煙《はくえん》がうっすらと立ち昇《のぼ》っている。

「ねえイスカ君？」

ミスミス隊長が、車窓から上半身を乗り出して。

「シスベルさんの連行先らしい場所、アタシまだ見つからないんだけど」

「……怪《あや》しげな場所が、あるようで無いからね」

広大な工場が連なっている。

ヒト一人を隠《かく》すには十分すぎる広さの建物ばかりだが、ジンが言ったように車や飛行機の工場はどれも私有地である。

……工場で働いている無関係の従業員が、シスベルを見つけたら大騒《おおさわ》ぎだ。

……ヒュドラ家と関係ない施設《しせつ》は使えない。

だから燐も不審《ふしん》に感じているのだろう。

こうした工場地域にシスベルを連行するよりも、出入りの激しい街の格安ホテルや貸し倉庫に監禁《かんきん》する方がはるかに楽なはず。

なぜこんな場所に、シスベルを？

「まあいい。とにかく信号の発信源まで行くぞ。話はそれからだ」

燐の手元には、太陽を象《かたど》った装飾品《イアリング》。

そこに隠されていた集積回路《メモリチップ》の発信が「シスベルの監禁地」だと信じてここまで来た。今さら引き返せない。

「発信源の座標は近い。帝国剣士《けんし》、何か怪しいものは見えてこないか」

「いや全然」

イスカも注意を払《はら》っている。

ただ燐が指摘《してき》したように、どこまで進んでも、広大な平野にぽつぽつと工場が建ち並んでいるだけだ。

「代わり映《ば》えしない景色だけだよ」

「しっかり目を凝《こ》らせ。お前ならコンクリートの壁《かべ》くらい肉眼で透視《とうし》できるはずだ」

「また無茶を……」

「シスベル様の匂《にお》いを風下から嗅《か》ぎ当てても構わんぞ」

「僕を何だと思ってるのかな⁉」

やれやれと地図を広げてみせる。

「怪しいものって言われてもなぁ……僕らが一目で怪しい施設だなんて見破れる類《たぐい》なら、このあたりの住人がまず不審に思うだろうし」

「イスカ兄」

運転席の音々《ネネ》が、前方を指さした。

「位置座標はあそこだよ」

コンクリートの塀《へい》で仕切られた工場らしい建造物。まだ距離があるのではっきりと様子までは覗えないが。

「音々ちゃん、塀の周りを一周できる？」

「任せて隊長。あんまり速度落とすと怪しまれるから、この速度のままね」

発信源と思《おぼ》しき工場へ。

車が近づくにつれ、その光景が鮮明《せんめい》になっていく。

「おいおい。どういうことだ……」

ジンが身を乗りだした。

「工場じゃねえぞ。ただの廃墟《はいきょ》じゃねえか」

薄汚《うすよご》れた塀は、長年の風雨に晒《さら》されてぼろぼろ。

イスカの背丈《せたけ》よりも高く成長しきった野草が密林のように繁茂《はんも》して、敷地《しきち》は足の踏《ふ》み場《ば》もない。

工場らしい建物も、コンクリートの壁がぼろぼろだ。

窓ガラスは割れ砕《くだ》け、建物内部は真っ暗。

電気も水道も止められているだろう。工場としての機能を完全に停止した、まさしくジンの言う廃墟に見える。

「……幽霊《ゆうれい》でもいそうな場所だねぇ」

「……幽霊っていうか、これ内部にネズミとか棲《す》んでるやつだよ隊長。天井《てんじょう》とかに蜘蛛《くも》の巣《す》がぶわって張ってそう。うわ、こういうの音々苦手……」

車内から工場を見上げるミスミス隊長と音々。

人の気配は皆無《かいむ》。

ここにシスベルを監禁すれば、まず誰《だれ》にも見つからないという理屈《りくつ》はわかる。

だが。

本当に、ここなのか？

……シスベルを捕《と》らえているなら、見張りの兵や監視《かんし》カメラも用意するはず。

……その類がまったく見当たらない。

見張りを省いて徹底的《てっていてき》に廃墟を演じることで、追跡側《こちら》の目をごまかす？

そんな作戦はヒュドラ家側にとって博打《ばくち》が過ぎる。シスベルという超《ちょう》重要な人質に見張りを割かないのは信じがたい。

ここは外れか？

イスカがそれを口にするか悩《なや》んだ一瞬《いっしゅん》の間に──

「考えても無駄《むだ》だな」

無言を保っていた燐が、突然《とつぜん》に車の扉《とびら》を開けた。

車が勢いよく走っている最中にだ。

「音々とやら車を止めろ。監視がいないなら車を塀に横付けしても問題ないだろう」

「わわっ⁉　ちょ、ちょょっと待って燐さん。止めるから落ち着いて！」

大型車《ワゴン》が急停止。

と同時に、燐が外へ飛びだした。

コンクリート塀《べい》に空いた大穴から、廃《はい》工場をじっと見上げて。

「監視カメラが仕掛《しか》けられている様子もない。逆に仕掛けてあれば確定だったが、こればかりはこの屋敷《やしき》に入ってみるしかわからん……ところで隊長」

「う、うん？」

同じく廃工場を見上げていたミスミス隊長へ、燐が肩《かた》をすくめてみせた。

「この場合はどうなる」

「……っていうと？」

「私と第九〇七部隊《おまえたち》の契約《けいやく》は、『シスベル様の居場所まで私を連れていく』ところまでだ。

その後は互《たが》いに不干渉《ふかんしょう》と決めているが、ご覧のとおり、ここにシスベル様がいるという確証がない」

「……あ。確かに」

ミスミス隊長が腕組《うでぐ》み。

思案するように宙を見上げるそぶりを挟《はさ》んでから。

「アタシたちにもこの工場を捜索《そうさく》させるってこと？　う、うーん……それは……」

「追加交渉《こうしょう》だ。私からも対価は出す」

車内に置いたままのハンドバッグから、燐が取りだしたのは肌色《はだいろ》のシール。

帝国の国境検問所《チェックポイント》を通過する時に、一枚、ミスミス隊長に分け与《あた》えたものの予備だろう。

それを計五枚。

ミスミスの胸に押しつけるように、手渡《てわた》した。

「私の手持ち分をくれてやる。お前が持っている予備はシスベル様から与えられたものだろうが、昨日言ったとおり、そのシールはお前の肌色と合わん」

「うっ……！」

「悪い話ではないと思うが」

「隊長！　イスカ兄とジン兄ちゃんも、こっちこっち！」

二人から離《はな》れた場所。

塀に沿って奥へ歩いていった音々が、手招きしてきた。

「音々、この建物ちょっと興味あるかも。一時間だけ探検してみていい？」

「どうしたの音々ちゃん突然に……！」

「これ」

広大な敷地をぐるりと囲むコンクリート塀。

音々が指さしたのは正面玄関《げんかん》らしい両開きの扉だ。その扉脇《とびらわき》に取りつけられた金属製の看板に刻まれていた文字《ロゴ》は。


国立星霊《せいれい》研究所『オーメン』・アルトリア支部。


「え。ここが？」

その文字《ロゴ》に、イスカは我が目を疑った。

——単一集積知能体『オーメン』。

星霊研究が禁忌《きんき》とされる帝国で唯一《ゆいいつ》、公《おおやけ》に研究が許されている機関である。その名を冠《かん》した文字《ロゴ》があるということは。

「もともと工場じゃなくて研究所だったのか……」

オーメンの施設となれば、国の重要機密の一つだ。

関係者以外は入館禁止。帝国《ていこく》兵であるイスカも、オーメンの関連施設には入ったことがない。

「……んー。そうなんだけどぉ」

音々の歯切れが悪い。

錆《さ》びついた看板と、そして廃墟同然に荒《すさ》みきった施設とを何度も見比べて。

「気になるんだよね。隊長、音々ちょっとだけ探検してくる！」

「はい？　ま、まって音々ちゃん⁉　オーメンの敷地に勝手に入ったらまずいよ。正面扉も閉まってるし！」

「こっちからね」

音々が塀を指さした。

長年の風雨で劣化《れっか》して、コンクリートの塀はあちこち崩《くず》れかけている。イスカやジンが潜《くぐ》れそうな大きさの穴もある。

「よいしょ……んっ。何とか通れそう。燐さんも大丈夫《だいじょうぶ》だし、イスカ兄とジン兄ちゃんも細身だし大丈夫そうだよね。引っかかるとしたら隊長の胸かお尻《しり》かも」

「どういう意味かな音々ちゃん⁉」

「いけ隊長《ボス》。後がつっかえてんだよ」

「お、押さないでよジン君！」

音々に続いて隊長、ジン、燐という順番で壁の向こうへ。

「イスカ兄も！」

「今いくってば」

改めて周囲を見まわす。

大型車《ワゴン》は塀の陰《かげ》。ごくたまに車道を通過する車も、こちらに近づく気配はない。それを確かめて、イスカも塀の穴に飛びこんだ。

——壁の向こう側。

国立星霊研究所『オーメン』。

イスカが訪れたそこは、塀の外から眺《なが》めていた以上に閑散《かんさん》とした廃墟だった。

地面は野草だらけ。

駐車場《ちゆうしや》には廃車《はいしや》となった車が一台、空気の抜《ぬ》けたタイヤごと放置されている。その隅《すみ》のゴミ捨て場には、得体の知れない機械器具が堆《うずたか》く積み上げられたまま。

「うぇぇ……何か本当に怖《こわ》いかも。すっごい寂《さび》れ方……」

「隊長、本命《こっち》の研究所も凄《すご》いですよ」

三階建ての研究所。

窓ガラスがことごとく割れ砕けているのは遠目にもわかったが、近くで見ると、蜘蛛の巣状に罅《ひび》割れたコンクリート壁《へき》が嫌《いや》でも目に映る。

苔《こけ》むし、得体の知れない黒い虫が這《は》い回る壁面《へきめん》はなんとも薄気味《うすきみ》悪《わる》い。

「んー……」

それを、爛々《らんらん》と目を輝《かがや》かせて見上げる少女がいた。

「音々ちゃん何か見つかった？」

「ううん何も」

赤毛をまとめたポニーテールを大きく振《ふ》りまわすように、音々が首を横にふる。

「何もないのが逆に不思議だなぁって」

「へ？」

「星霊エネルギーの検出器」

こつん、と。

音々がコンクリートの壁面を拳《こぶし》で叩《たた》いた。

「ここが星霊研究所だったなら、施設《しせつ》の外に星霊エネルギーが漏《も》れだしたら大変でしょ？

だから建物の外と、あと塀の内側にも検出器が備えつけてあるはずなの。それがないのが不思議だなって」

「音々ちゃん、でも閉鎖《へいさ》した時に撤去《てっきょ》したかもよ？」

「それも考えたんだけど」

音々が指さしたのは駐車場とゴミ置き場だ。

「車も機械もほったらかしでしょ。検出器だけ丁寧《ていねい》に撤去するとは思えないの」

「あ……そっか」

「ついでに燐さん。一つ聞いていい？」

音々が、次は建物の壁《かべ》を指さした。

「星霊研究所って、星霊エネルギーを地下から吸い上げる輸送管《ダクト》があるよね。ちょっと特《とく》殊《しゅ》なフィルター付きのやつ」

「っ⁉　なぜそれを……⁉」

「雪と太陽《スノウ・ザ・サン》で見たもん」

「…………」

ミスミス隊長に続いて、今度は燐が閉口する番だった。

「地中から吸い出した星霊エネルギーに、たぶん屋外で一度何かの処理をするんだよね？

研究用の星霊《せいれい》エネルギーだけを選んで輸送管《ダクト》で建物内に運ぶ。だから星霊研究所の壁には、必ず同じような輸送管《ダクト》があるのかなって」

「……その通りだ」

燐が珍《めずら》しくも苦笑い。

「星脈噴出泉《ボルテックス》から湧《わ》き上がる星霊エネルギーは必ずしも一種類ではない。これを区分するための選別処理が必要になる……深くは話せないが、今まさに私も同じことを疑問視していた」

「やっぱり？」

「うむ。無礼を承知で言うが、私は音々《おまえ》を過小評価していたな。まさか雪と太陽《スノウ・ザ・サン》でそこまで観察していたか……」

腕組みする燐が、ミスミス隊長に振り向いた。

「というわけだ隊長」

「はい!?　え、ええとその……あ、わかるよ大丈夫、アタシもそれくらい」

「この研究所はまがい物だ。星霊研究所に見せかけた別物なんだろ」

「なーんーでー先に言うのかなジン君!?」

「日が暮れる。ほら行くぞ隊長《ボス》」

肩に担いでいたケース。

そこに格納していた狙撃銃《そげきじゅう》を取りだして、ジンがその場にケースを放り投げる。

「たまには帝国兵らしくな」

「え？　ってことは……」

「これが違法《いほう》研究所なら立派な帝国法違反だ。帝国兵として黙ってられねぇだろうが」

そう。

今この瞬間《しゅんかん》に、第九〇七部隊《イスカたち》にとっても事情が一変したのだ。

……帝国の研究所なら僕らは手を出せなかった。

……だけど違法な研究施設となれば逆に、帝国兵として見逃《みのが》すわけにはいかないから。

乗りこむ理由が生まれた。

シスベルの奪還《だっかん》ではなく、何者かが違法に建設した研究所の調査という目的で。

「そういうわけだから」

無言で佇《たたず》む燐へ、目配せ。

「予定変更《へんこう》だ。僕らも一緒《いっしょ》に向かう」

「好きにしろ」

燐が首を鳴らす。

「ここ数日でストレスが溜《た》まりに溜まっていたところだ。ここが帝国の施設でないのなら、私が大暴れしても構わないな？」

＝＝＝

帝国、第四州都ヴィスゲーテン。

ここには、帝国でほぼ唯一「埋《う》められずに」保管された星脈噴出泉《ボルテックス》が存在する。

もともと星霊は禁忌の存在だ。

帝国で発見された星脈噴出泉《ボルテックス》は帝国軍によって破壊《はかい》されるのだが、この州では、それが厳重に管理されている。

――単一集積知能体『オーメン』の名の下に。

帝国が有する、星霊に関するすべての知識がここにある。

「やあネームレス、気分はどうだね？」

『三時間前にも聞かれたが』

「正しい認識だ。ここ星霊症専門のプライベートルームで、三時間ごとに君の腕《うで》の容態を診《み》ているわけだからね」

青白い光に満ちた診察室《しんさつ》。

乳白色のタイルに、陽気な声と靴音《くつおと》が響《ひび》きわたった。

「ミカエラ君、診療録《カルテ》を」

「ニュートン室長」

「何だね」

「いま室長が手に持っているのが診療録《カルテ》です」

「おっと？　そうだそうだ。つい考えごとをしていると忘れてしまうね。ほらあれだよ。眼鏡をかけているのに眼鏡を捜してしまう現象さ」

事務服《スーツ》姿の女医務官に指摘《してき》され、髭《ひげ》をたくわえた室長が苦笑い。

──使徒聖第十席。

サー・カロッソス・ニュートン研究室長。

通称《つうしょう》「もっとも不健康な研究員」。──風が吹《ふ》くだけで折れそうな肩《かた》や二の腕が表すとおり、使徒聖という最上位戦闘《せんとう》員のなかで例外的な非戦闘員にあたる。

その男が、寝台《しんだい》に座る同僚に手を振った。

「で。あらためて聞くが気分はどうだね。ネームレス」

『…………』

その男の外見は、異様だった。

頭から足先までを鈍色《にびいろ》のコートスーツで覆《おお》っている。

素顔を隠《かく》し、これでは胸の聴診器《ちょうしんき》をあてることもできないだろう。とても診察を受ける患者《かんじゃ》には見えないが。

『……傷が疼《うず》く』

ネームレス。

使徒聖第八席として知られる男が、唯一《ゆいいつ》、素肌《すはだ》を晒《さら》した逞《たくま》しい右腕《みぎうで》を上げてみせた。

ほんの数センチ。

肩がわずかに動いたものの、それ以上は上がらない。肘《ひじ》も、指先も動かない。

『女王捕獲《ほかく》作戦。ゾア家当主グロウリィとかいう老いぼれの「罪」の星霊《せいれい》を浴びたことによる星霊症だ――という説明を何度すればいい？』

右腕にびっしりとこびりついた濃紫《のうし》色の痣《あざ》。

火傷の痕《あと》にも見えるが、実際には「罪」の星霊に侵食《しんしょく》された星霊症だ。

〝ワシはゾア家当主グロウリィ。さあ、貴様の罪を量《はか》ってやろう〟

〝これは化身獣《アバター》。既《すで》に貴様は罪をしでかした。その罪が『罰《ばつ》』となったのじゃよ〟

罪の星霊の全容は、ネームレスにも最後までわからなかった。

星霊エネルギーが具現化した化身獣《アバター》と戦い、その攻撃《こうげき》を受けた右腕がこうして動かなくなった。わかっているのはそれだけだ。

「星霊症というのは千差万別だからねえ」

まるで読書を楽しむように、声を弾《はず》ませながら診療録《カルテ》を眺《なが》めるニュートン室長。

「君が戦ったのは純血種だろう？　帝国《ていこく》が蓄積《ちくせき》してきた星霊症と、その治療《ちりょう》のノウハウが通じないのも仕方ない。それだけのバケモノだからね」

『御託《ごたく》はいい』

そんな研究者を睨《にら》みつける、使徒聖第八席。

『俺の腕はどうなる。このまま腐《くさ》り落ちるのか？』

「そうかもしれないし、そうならないかもしれない。一番手っ取り早いのは右肩《みぎかた》から先を切り落として、左腕《ひだりうで》と同じく義手にすることだね」

『それでいい』

あまりにあっさりと――

自分の右腕を切り落とせと促《うなが》すネームレスに、それを見ていた女医務官ミカエラの方がぞっと青ざめた。

この男に躊躇《ちゅうちょ》はないのか？

ただの腕一本とはワケが違《ちが》う。帝国随一《ていこくずいいち》の格闘技術《サイレントキリング》の使い手の腕なのだ。国宝級の名刀かそれ以上の価値のある腕を失うことに、なぜ恐怖《きょうふ》を感じない？

「まあ焦《あせ》るには及《およ》ばんよ」

診療録《カルテ》を放り投げて、ニュートン室長が肩をすくめてみせた。

「君の報告にあったが、その罪の星霊とやらは対星霊擲弾《グレネード》の光で怯《ひる》んだのだろう？　ならば除去の可能性は大いにある」

『――――』

「星霊が嫌《きら》う力がある。主に高濃度汚染地域《こうのうどおせん》『カタリスク』から採取される鉱石だが、その鉱石を溶《と》かした薬品を塗布《とふ》してみよう。ミカエラ君さっそく手配を。濃度《のうど》を変えつつ、なるべく多くのサンプルが取れるように」

『声が弾んでいるぞ』

ネームレスから漏《も》れる嘆息《たんそく》。

この痩《や》せぎすの科学者にとっては、自分の星霊症さえも貴重な星霊研究でしかあるまい。患者を治すなどという医師の誇《ほこ》りは皆無《かいむ》だ。

『俺の身体《からだ》をサンプルにするのは構わんが、さんざん弄《いじ》くり回した挙げ句やっぱり治らなかったで済むと思うなよ』

「治療には全力で当たるとも。私が星霊症の患者を弄《もてあそ》んだことなど一度もないよ」

後ろの女医務官に振《ふ》り向き、ニュートン室長が片目をつむってみせる。

「そうだねミカエラ君？」

「気持ち悪いです」

「ウィンクは要練習らしい。それはさておき、これでも正しき研究者のつもりだよ。世に、ごく稀《まれ》に狂科学者とでも言うべき者がいるのは否定しないがね」

『――そういえば』

くっくっと低い嗤《わら》い声。

寝台に座るネームレスが、愉快《ゆかい》げに肩を揺《ゆ》らしてみせた。

『いたな。誰《だれ》かさんが手塩にかけて育てたものの、ひそかにオーメンの研究倫理《りんり》を超過《ちょうか》した星霊研究を進め、挙げ句のはてに人体実験を繰《く》り返《かえ》していた女が。そいつも中々の狂科学者だったらしいな？』

「…………」

ニュートン室長が、押《お》し黙る。

自慢《じまん》の顎髭《あごひげ》を撫《な》でながら、ネームレスの指摘に珍しくも表情を曇《くも》らせて。

「……惜《お》しいというしかなかったよ。彼女は」

『名前は？』

「ケルヴィナという。彼女こそ、ここオーメンで最高の星霊症《せいれい》研究者になれる器《うつわ》だった。研究者として間違《まちが》いなく逸材《いつざい》だったが」

天井《てんじょう》を見上げるニュートン室長。

「彼女の心には倫理が欠如《けつじょ》していた。度を過ぎた知的好奇心《こうきしん》に溺《おぼ》れ、彼女は自宅を改造した施設《しせつ》ラボで人体実験までも平然と行っていたからね。私が現場に向かった時には、何もかもが手遅《ておく》れだった……」

『国家反逆罪で捕《と》らえられたのだろう？』

「逃《に》げたよ」

『……なにっ？』

ネームレスの声に混じる、わずかな驚愕《きょうがく》。

自らの腕を切り落とすことにさえ動じた素振《そぶ》りを見せなかったこの使徒聖が、ニュートン室長のたった一言で声色を変えた。

『あの、「天獄《てんごく》」から逃げただと？』

「そうなるね」

『…………』

帝国でもっとも厳重な監視《かんし》態勢が敷《し》かれた牢獄《ろうごく》だ。

強大な魔女《まじょ》と魔人《まじん》、そして国家反逆罪で捕らえられた者だけが収監《しゅうかん》される。

『逃亡者《とうぼう》ゼロ。それが謳《うた》い文句《もんく》だったはずだが？　それとも見張りの第九席《スタチュール》がドジを踏《ふ》んで見逃《みのが》したか？』

「スタチュール君に手落ちはなかった。そしてもう一つ付け加えるなら、あの牢獄は自力脱出《だつしゅつ》などありえない」

『……裏切り者か？』

「おそらくね。それも帝国軍の上層部に相当な口利《くちき》きができる者だ」

ふぅ……と。

肩に白衣を引っさげた男が、深く深く息を吐《は》きだした。

「覚えているかい？　一年ほど前のことだ。我々の同僚だった元使徒聖が、一人の魔女を牢獄から逃がしたことがあっただろう。名はええと……ミカエラ君」

「イスカです」

「そうだ。ただし彼が魔女を脱獄《だつごく》させたのとはワケが違う。彼が侵入《しんにゅう》した牢獄は天獄ではなかったし、何より彼はその後に捕《つか》まったからね」

使徒聖《イスカ》でも不可能だった。

帝国の監視システムを一時的に欺《あざむ》いて脱獄を図ろうが、最終的には共謀《きょうぼう》者本人が捕らえられる未来しかない。

「だがケルヴィナを逃がした者はまだ見つかっていない。どうやって天獄の鍵《かぎ》を開けたのか。いかにして彼女を外に連れ出したのか……」

『むしろ、なぜ逃亡させた？』

「それだよ。あれほど危険な女を解放して何がしたいのか、私にはいまだ答えが出ていない──おっと。だいぶ話が逸《そ》れてしまったね」

壁際《かべぎわ》の時計を見上げ、ニュートン室長が後ろ頭をかきむしった。

「治療の手配はしておこう。次は七時間後にまた来るよ。それまで安静にね」

『承知した』

「従順な患者は長生きするよ。では失敬」

白衣をはためかせて診察《しんさつ》室を後にする。

その通路で。

「…………ケルヴィナか」

囁《ささや》きにも似た微《かす》かな呟《つぶや》き。

隣《となり》を歩く女医務官《ミカエラ》にも聞こえないほどの、押し殺した声で。

「ケルヴィナ・ソフィタ・エルモス。久しぶりに嫌《いや》な名前を思いだしたよ」

2

帝国領、「魔女の生まれる地」――


埃《ほこり》の積もった小部屋。

天井には蜘蛛《くも》の巣《す》だらけ。罅《ひび》割れたコンクリートの亀裂《きれつ》から、得体の知れない虫が這《は》い上がってくる。

「…………」

「そう睨むなシスベル王女。掃除《そうじ》は苦手なんだ、私の部屋もこんなものさ」

臙脂色《えんじいろ》の髪《かみ》の女研究者が、愉快そうに笑んだ。

「それとも王女への待遇《たいぐう》に気分を害しているのか。いいかげん手錠《てじょう》を外せと？」

「いいえ」

埃だらけのベッドに仰向《あおむ》けに拘束《こうそく》されたまま、シスベルは、自分を見下ろす女研究者を睨みつけた。

肌《はだ》は栄養失調のような土気色。目元には睡眠《すいみん》不足の隈《くま》が大きく浮《う》き出ている。

いかにも不健康な姿のくせに、こちらの顔を覗《のぞ》きこんでくる眼球だけは爛々《らんらん》と、異様な輝《かがや》きを湛《たた》えている。

「……ケルヴィナとやら。あなたのその目です。わたくしを見下ろすあなたの目がとても気にくわない」

「ははっ。可愛《かわい》い魔女じゃないか」

ケルヴィナ・ソフィタ・エルモス──

そう名乗る奇妙《きみよう》な女が、肩《かた》にひっかけた白衣をひるがえした。内側にずらりと並ぶ注射器を見せつけるように。

「っ！」

「コレを初めて見た時には泣いて叫《さけ》んだくせに。『やめなさい、やめてください！』と。そんなに注射が怖《こわ》いかな」

「……ええ。しっかり覚えてますわ」

仰向けに寝《ね》かされたままシスベルは唇《くちびる》を噛《か》みしめた。

耐《た》えがたい屈辱《くつじょく》と恐怖に。

「泣《な》き叫んだわたくしの涙《なみだ》をスポイトで吸い取って、『貴重な魔女の体液だ』と言われた時には怖気《おぞけ》が走りましたから」

殺意でも敵意でもない。

それはシスベルという少女が初めて味わう、底なしの「好奇心」への恐怖だった。

……魔女《わたくし》を研究サンプルにしか思っていない。

……こんなにも人間性を欠いた帝国人《ていこくじん》は、わたくしも初めてです。

帝国の魔女差別にも吐き気を催《もよお》すが。

この女はそれ以上。さらに得体の知れない欲念《よくねん》に取《と》り憑《つ》かれている。

「安心したまえ。この注射筒《シリンジ》に入っている薬剤《やくざい》を使うのは当分先だ」

ケルヴィナが注射器を愛おしげに撫でる。

自分《シスベル》を触診《しょくしん》していた時よりも丁寧《ていねい》に、繊細《せんさい》な手つきで。

「まだ我慢《がまん》の時間でね。お前の提供者から手を出すなと言われている。お前の星霊《せいれい》はとても貴重だそうじゃないか」

「……タリスマン卿《きょう》ですか」

「ああ知ってるのか。そう、あの魔人だよ」

首謀者《しゅぼうしゃ》を隠《かく》そうともしない。

ただやはりというべきか、協力者であっても「魔人」呼ばわりだ。

「皇庁《わがくに》がそこまで嫌いですか」

「ん？　いや全然。私はネビュリス皇庁《おうちょう》にこれっぽっちも憎《にく》しみなどないよ」

くすんだ赤色の髪をぼさぼさと掻《か》きむしる女研究員。

化粧《けしょう》とは無縁《むえん》といった体で。

「帝国司令部と違《ちが》って、この世から魔女と魔人を殲滅《せんめつ》させたいなんて思ってない。そんなの勿体《もったい》ないじゃないか。貴重な研究サンプルだからね」

「……人間扱《あつか》いしないのですね」

「人間扱い？　はて、それはどんな範疇《カテゴリ》かな」

「え？」

「この世界を区分する唯一《ゆいいつ》絶対の範疇《カテゴリ》は『研究サンプル』と『対象外《そうでないもの》』。人間か人間でないかなんてどうでもいいじゃないか」

真顔でこちらを見下ろす女研究員。

その血色の悪い唇を、わずかに笑みの形につり上げて。

「お前のような魔女は前者だし、そこらへんを歩いている帝国人は後者。だから喜ぶといいよ。お前はこの世界にとって価値ある存在だ」

「…………」

ケルヴィナに目を覗きこまれる。

互《たが》いの鼻先が触《ふ》れあうほどに近い距離《きょり》。瞬《また》きさえ許さないと言わんばかりにこちらの目を凝視《ぎょうし》する狂科学者に対し、シスベルは無言でまぶたを閉じた。

お前の顔などこんな間近で見続けるのはもうご免《めん》だ。

見たくない。

「……あなた異常ですわ」

「よく言われた」

「っ！」

胸元にあたる触感《しょっかん》。

目を閉じて抵抗《ていこう》する自分の胸に触れてくる。正確には、そこにある星紋《せいもん》を、弄《もてあそ》ぶようにゆっくりと撫《な》でているのが伝わってくる。

「私の才に嫉妬《しっと》する者は皆《みな》そう言うのさ。オーメンも帝国司令部も、みんなそうだったよ。『お前は間違っている』。愉快《ゆかい》だと思わないか？　結局のところ私に正当な評価を下したのは八大使徒だけで――」

「え？」

「……おっと話しすぎた。いけないね。普段《ふだん》独り言しかしてないから、会話というものを味わうとつい酔《よ》ってしまう」

まぶたを開ける。

自らの口を手で覆《おお》うという子供じみた仕草のケルヴィナ。いまの八大使徒という言葉も気になるが、この様子では追及《ついきゅう》したところで無駄《むだ》だろう。

「いったい何が目的なのですか」

「目的？　目的なんて、世界の真理を研究し尽《つ》くす以外にないだろう。私は研究者なんだから」

拍子抜《ひょうしぬ》けするくらい真っ当な目的だ。

そんなシスベルの心象は、次の一言であっさりと吹《ふ》き飛《と》んだ。

「一番の関心は『星の最深部』」

「っ」

「シスベル王女、あそこに何があるか知っているかい？」

「……え？」

問いかけに言葉が詰《つ》まった。

星の最深部？

どういう意味だ。この世界大陸を構成する地層の一番奥というのなら、どれだけ掘《ほ》っても岩の地盤《じばん》しかないはずでは。

ただ一つ。

シスベルの脳裏に浮かんだのは、ヒュドラ家当主タリスマンの面影《おもかげ》だ。ルゥ家の別荘《べっそう》に乗りこんできたあの男が言っていたことも確か……

〝この星の中枢《コア》へと至るには帝国の力が不可欠だ〟

〝仲良くしようシスベル君。君に宿る星霊《せいれい》は、この星の神秘を解き明かす力をもっている。後々働いてもらいたい〟

「……それは、わたくしが聞きたいくらいです」

歯を食いしばる。

こちらを見下ろす狂科学者に、シスベルは声を張り上げた。

「この星の中枢《コア》ですって？　あなたたちはいったい何を隠しているのです！」

Chapter.5　『星の禁忌《きんき》』

国立星霊研究所『オーメン』アルトリア支部――に見せかけた館。

野草が森のように繁茂《はんも》した敷地《しきち》、長年の風雨にさらされた外壁《がいへき》はペンキが剥《は》がれ落ちている。

古くから廃墟《はいきょ》だったのか。

あるいは廃墟じみたこの外装も、意図的に施《ほどこ》されたものなのか。それは中に入ってみるまでわからない。

「……ま、当然に鍵《かぎ》がかかってるよな」

ジンが正面玄関《げんかん》の扉《とびら》を蹴《け》りつけた。

赤外線センサーによる自動ドアも、電気が通ってなければただの鋼鉄の塊《かたまり》。錆《さ》びついた扉を人力でこじ開けるのは至難だろう。

「中に入るには正面扉《コレ》を開けるのが一番なんだが。音々《ネネ》、なんか都合のいい爆弾《ばくだん》もってないか。イアリングに見せかけた爆弾とか」

「ううん。音々の寮《りょう》には置いてあるんだけど」

「本当にあるのかよ。まあいい、じゃあイスカだ。開けられるか？」

「……斬《き》れないことはないと思うけど」

いかにも重厚そうな扉を上から下まで観察し、イスカは星剣《せいけん》の柄《つか》に手をかけた。

一度では無理。

二度、三度と斬りつければ、扉にわずかな隙間《すきま》くらいはできるはず。

「どいていろ、私がやる」

イスカの後ろで。

足下に屈《かが》みこんだ燐《リン》が、敷地の土に指先で触れたのはその時だ。

「叩《たた》き壊《こわ》せばいいのだろう？　簡単だ」

地面が盛り上がった。

粘《ねば》り気を帯びた土が意思を持つように集まって大型の像を形作り、燐の前で片膝《かたひざ》をついた姿勢で誕生する。

その巨人像《ゴーレム》が、立ち上がった。

「よし巨人像《ゴーレム》、殴《なぐ》り壊せ」

「って待った⁉」

イスカたちが跳《と》び退《の》いたのとほぼ同時。巨人像《ゴーレム》が繰《く》り出した巨大《きょだい》な拳《こぶし》が、館の正面扉を跡形《あとかた》もなく吹き飛ばした。

「僕らまで殴られるところだったんだけど⁉」

「退避《たいひ》が遅《おそ》い。……ふむ。予想はしていたが内部も相当な荒《あ》れ具合だな」

埃《ほこり》の舞《ま》う宙を睨《にら》みつけて、燐が眉《まゆ》をひそめた。

ほぼ真《ま》っ暗闇《くらやみ》の廊下《ろうか》。

かろうじて明かりと呼べるのは、木板で塞《ふさ》がれた窓からこぼれる太陽光のみ。今が夜であったなら探索《たんさく》は不可能だったに違いない。

「私が先頭だ。お前たちは後ろからついてこい」

「この巨人像《ゴーレム》はどうすんだ？　こんなバカでかい図体が一緒《いっしょ》についてきても、デカすぎて邪魔《じゃま》にしかならねぇぞ」

「ここで待機させておく。あとは……」

ジンに応じた燐が、ふと思いついたように後戻《あともど》り。

もう一度地面に手をついて。

「第三者に追跡《ついせき》されないよう巨人像《ゴーレム》は正面扉《ここ》で見張りをさせる。もう一体。念のため盾《たて》も用意しておくか」

地面がごそりと蠢《うごめ》いた。

燐の星霊術《せいれいじゅつ》が新たに生成したのは巨人像《ゴーレム》ならぬ人形《ドール》。

全身の体型はちょうどジンほどだろう。巨人像《ゴーレム》より小さく細身だが、そのぶん機敏《きびん》な動きに長《た》けた土の兵士だ。

「私の一歩後をついてこい」

命じられた人形《ドール》が、燐の後ろを忠実に追いかける。

──館の内部へ。

足を踏《ふ》み入れた途端《とたん》に、音々とミスミス隊長が顔をしかめた。

錆《さび》と埃と、そして強烈《きょうれつ》なカビの刺激臭《しげきしゅう》。

「……こほっ……う、音々ちゃん大丈夫《だいじょうぶ》？」

「うー。音々も鼻が曲がりそう。すごいキツい臭《にお》いだよねこれ。防塵《ぼうじん》マスク持ってくればよかったかも」

一歩進むごとに埃が舞う。

それも絨毯《じゅうたん》のように分厚く積もった埃だ。いったい何十年放置されればここまで積もるのか見当もつかないが。

「この埃の積もり方からすると、ただ『廃墟を装いました』ってわけじゃなさそうだな。

電気も完全に止まってやがる」

ジンが通信機を取りだした。

発光機能を最大にして、懐中電灯《かいちゅう》がわりに床《ゆか》を照らす。

「あ、ジン君。その通信機はアタシが持つよ」

「ん？」

「ソレ持ってたら銃《じゅう》が構えられないでしょ。アタシの銃は片手で持てるけど、ジン君のは狙撃銃《そげきじゅう》だし」

「転んで落とすなよ」

「落とさないよ⁉……でも本当に暗いよね。遊園地の幽霊屋敷《ゆうれいやしき》でもこんな暗くないよ」

ジンの通信機を握《にぎ》るミスミス隊長。

光が照らしだした床の灰色は埃だろう。天井《てんじょう》には細い輸送管《ダクト》が何本も、壁《かべ》を這《は》うように奥へと延びている。

「音々ちゃん、さっき言ってた星霊エネルギーの輸送管《ダクト》っていうのは――」

「まるで別物だな。こいつはただの換気《かんき》用だ」

答えたのは燐だった。

土の人形《ドール》を従えて、広大なフロアをまっすぐ奥へと進みながら。

「私としたことが焦《あせ》ったな。これだけ広いなら人形《ドール》をあと十体は用意できたか。フロアを徘徊《はいかい》させるだけでも簡単な探索になったのだが」

燐が舌打ち。

土の星霊使いの欠点でもある。

雪や氷、炎《ほのお》といった「生みだす」星霊術とは違《ちが》って、土の星霊は「操作」しかできない。建物内には土がないので新たな人形《ドール》も生成できないのだろう。

「仕方ない。お前たちは一階の探索を続けろ。私は一度戻《もど》って――」

「待った燐」

「何だ帝国剣士《ていこくけんし》」

「埃がなくなった」

「っ!?」

イスカのその一言に、燐が目を見開いた。

独楽《コマ》のように身を回転させて、辺り一面を眺《なが》めまわす。床の埃がゼロになったわけではないが、分厚い埃の層はたしかに消えている。

「いつの間に?」

「さっき曲がり角を曲がったあたりからだよ。少しずつ減ってたから僕も気づくのに時間がかかった」

フロアの奥を見つめて。

「これだけ床が綺麗《きれい》ってことは、誰《だれ》かが頻繁《ひんぱん》に通ってる証拠《しょうこ》だろ？」

「……そのようだな」

燐が再び歩を進める。

ただし足音を限界まで押し殺し、獲物《えもの》に忍《しの》び寄るようにゆっくりと。

──明かり。

十字路の奥から差しこむ光に、燐が目を細めた。

「ようやく尻尾《しっぽ》を出したな。これだけ幽霊屋敷を装っていても、やはり館の奥には電気が通っていたか」

天井の照明だろう。

その光を目指して、薄暗《うすぐら》い通路をゆっくりと進んでいく。

コツ……コツ……

曲がり角から、足音。

誰だ？

足音は一人。十字路の陰《かげ》に身を潜《ひそ》めるイスカたちの方へと、奥の通路から気配が近づいてくる。

「捕獲《ほかく》するぞ」

燐がスカートの内側に手を伸《の》ばした。無数の暗器を隠《かく》しているであろう隠し収納部《ポケット》から、小ぶりのナイフをすっと引き抜《ぬ》いて。

「一人目は私がやる。二人いれば人形《ドール》。三人から先は任せる」

そして沈黙《ちんもく》。

イスカたちもそうだ。「はい」も「いいえ」も言わない。こちらの声を拾われないよう無言で頷《うなず》くのみ。

燐は、いつでも飛び出せるように身を屈めて。

後ろの第九〇七部隊《イスカたち》は、第二陣《じん》として待機。

――近づく足音。

コツ、コツ……と、響《ひび》く音が徐々《じょじょ》に大きくなっていく。

気配は十字路のすぐ向こう。

曲がり角から誰かの靴先《くつさき》が映った。その瞬間《しゅんかん》に、燐は何者かの足首めがけて手を伸ばしていた。

足首を摑《つか》み、相手の片足を強引に持ち上げる。

「捕《と》らえたぞ！」

「ひゃぁっ⁉」

素《す》っ頓狂《とんきょう》な悲鳴をあげて倒《たお》れる男。

有無を言わさず馬乗りになり、抜き身のナイフの切っ先を首筋へ――

「…………ひっ⁉　な、何だ⁉　何なんだよてめぇ！」

「黙《だま》れ」

首筋にナイフを押しつけながら、燐が冷たい眼光を突《つ》きつける。

二十代そこそこの私服姿の男。

実年齢《じつねんれい》なら燐の方が年下だが、首筋にナイフを突き当てる所作、恫喝《どうかつ》の口ぶりといい遥かにこちらが老獪《ろうかい》といえるだろう。

「私の命令に従え。その一、仲間への通信の一切を禁じる」

「な……仲間ぁ⁉」

「次は武器だ。今から後ろの者たちがお前の武器をすべて没収《ぼっしゅう》する。抵抗《ていこう》するな」

「ねぇよ！」

「そうか。従えないと？」

「ち、違う！　本当に……お、俺は何もしちゃいねぇよ！　仲間？　そんなものいねぇし、武器なんか持ってるわけねぇ。見りゃわかるだろ！」

「――――」

男の胸板に馬乗りになった燐が、私服姿の男を見下ろした。

薄地《うすじ》のシャツにデニム生地のパンツ。

服を脱《ぬ》がすまでもない。銃や刃物《はもの》を隠し持てるような服ではあるまい。

「非武装は正しい申告のようだな」

「だ、だから俺は――――」

「おい」

仰向《あおむ》けになったままの男へ、ジンが片膝《かたひざ》をついて屈《かが》みこんだ。

帝国軍の身分証を突きつけて。

「俺たちは正規の帝国軍だ。お前を一時拘束《こうそく》する」

「て、帝国軍⁉　軍隊がこんなところで何してんだよ……！」

「家宅捜査《そうさ》だ」

「……何だって？」

「俺たちはこの屋敷《やしき》で女を捜《さが》している。まだ十代中頃《なかごろ》の少女だ。ストロベリーブロンドの長い髪《かみ》をした少女に心当たりは？」

「み、見たこともねぇよ！」

怯《おび》えた目でジンと燐、さらにイスカやミスミス隊長を見まわす男。演技には見えない。帝国軍の突然《とつぜん》の取り調べに困惑《こんわく》している一般《いっぱん》市民そのものだ。

「質問変更《へんこう》だ」

再び、燐。

「ここが閉鎖《へいさ》された施設《しせつ》であることは理解しているな」

「え？」

「……しらばっくれるなら」

「そ、そうじゃねえ！　待て、アンタら俺を何と勘違《かんちが》いしてるか知らねぇが、俺はただのアルバイトだぞ！」

アルバイト？

男が発した単語に、イスカたちは無言で眉《まゆ》をひそめていた。

……そもそもここが廃墟《はいきょ》だってことさえ知らない？

……正面玄関《げんかん》だって閉まってたのに？

どういうことだ。

「い、いや確かにここが廃墟っぽいのは知ってるぜ？　だけどそれしか知らねぇよ。俺は、この一階の掃除《そうじ》と薬品の受け渡《わた》しを週一で雇《やと》われているだけだし……」

「薬品とは何だ」

「だ、だから何も知らね……痛っ⁉」

「いい加減に言葉遣《ことばづか》いに気をつけろ。帝国人が」

薄皮《うすかわ》一枚。

ナイフの先端《せんたん》で首元の皮膚《ひふ》をわずかに削《そ》がれて、拘束した男が悲鳴を上げた。

「どちらが上か理解できないのか？」

「…………」

「返事は？」

「失礼しました……」

青ざめた顔で、アルバイターの男が身震《みぶる》い。

「で、ですから俺は雇われただけなんです。この薄気味悪《うすきみわり》ぃ場所で、空っぽの瓶《びん》とかフラスコを取《と》り替《か》える作業をしてるだけなんですってば！」

「雇い主は？」

「赤毛の女です。名前は知らなくて……女にしては背が高くて言葉遣いが男っぽくて……だけど金を受け取る時くらいしか話をしないから」

「何も知らないと」

「……は、はい」

「――――」

何も知らない。

それだけをくり返す男を見下ろして、燐が苛立《いらだ》ちまじりに奥歯を噛《か》みしめた。

――シスベルの場所は知らない。

この男は下《した》っ端《ぱ》だ。この付近に住む帝国市民でしかない。

「わかった。ならば私たちを『薬品の受け渡し』とやらの場所まで連れて行け。それさえすめば貴様の役目は仕舞《しま》いだ」

「か、解放してくれるんですか！」

「貴様が大人しく従えばだ。立て」

燐が取りだしたのは鋼鉄のワイヤーだ。

男の両手首を手錠《てじょう》のように縛《いまし》めて、その背中にナイフを押しつける。

「痛っ！」

「先頭で歩け。立ち止まれば刺《さ》す。大声を出せば刺す。不審《ふしん》な真似《まね》をすれば刺す。その他、私がむしゃくしゃした時に適当に刺す」

「そんな無茶な⁉」

「生きて帰りたければ女の居場所まで案内しろ」

「……た、ただちに」

男が早足で歩きだした。

照明のついた通路を進み、向かった先は扉《とびら》が開きっぱなしの薬品保管室。

「お前はここで作業中だったわけだな？」

「……は、はい。毎月一度よくわからねぇ金属ケースが大量に届くんで、それをこの部屋に保管しておくんです。冷房《れいぼう》が生きてるのがここだけなんで」

部屋の壁《かべ》にずらりと並んだ金属ケース。

どれも厳重に施錠《せじょう》されている。

……中身が気になるな。ラベルも何一つ貼《は》っていないし。

……僕がケースの蓋《ふた》を斬《き》って中身を見る？　いや逐一《ちくいち》見るのは時間がかかりすぎる。

目算だけでも二百ケース以上。

この場ですべて確かめるより、むしろ手っ取り早い手段がある。

「燐」

「わかっている。このケースの中身も何もかも、赤毛の女とやらに聞きだせば事足りる。

シスベル様の居場所もな。おい貴様」

「は、はい!?」

「薬品の受け渡しとやらは理解した。貴様の雇い主の女はどこにいる」

「ここです！　ここが待ち合わせ場所です！」

「は？　何を——……っ」

言いかけて。

燐が、何かに気づいたように言葉半ばで口を閉じた。

——足下。

今まさに燐の立っている床《ゆか》に、ごくごく微小《びしよう》の、わずか一ミリにも満たない線のような亀裂《きれつ》が入っていたのだ。

「隠し扉か！」

地下に繋《つな》がる入り口。これだけ広大な敷地《しきち》だ。この男から聞き出していなければ特定は不可能だったに違《ちが》いない。

「鍵《かぎ》を出せ」

「も、持ってません。俺が開けるんじゃなくて、引き渡し時間になったら地下側《むこう》から扉を開けることになってるんです！」

「なるほど」

トン……燐が、男の背中を指で突いた。

向こうに行けと。

「用済みだ。あとは好きにしろ」

「……え？　あの、手錠ついたままですけど」

「館の外でいくらでも助けを呼べばいい。お前が寝返《ねがえ》る可能性がある以上、両手を自由にさせて解放する気はない。それとも――」

「失礼しましたぁ！」

薄暗《うすぐら》い通路を、男が振《ふ》り返りもせず逃《に》げていく。

「探索《たんさく》の続きだ。構わないなミスミス隊長？」

「う、うん……だけど、この扉をどうやって開けようかなって」

「そのためのコイツだ」

土の人形《ドール》が弾《はじ》けた。

人間型だった砂の塊《かたまり》がサラサラと細かい砂の粒子《りゅうし》と化して、床《ゆか》の、わずか一ミリ程度の亀裂に潜《もぐ》りこんでいく。

ミシッ――床下から金属がひしゃげる鈍《にぶ》い音。その直後。バネが跳《は》ねるように、固く閉じていた隠《かく》し扉が勢いよく上に開いた。

「わっ、すごい!?」

音々が目を輝《かがや》かせて。

「燐さん、今のどうやったの？」

「鍵の差し込み口から侵入《しんにゅう》して破壊《はかい》した。パスワード式の機械錠《じょう》ならお手上げだったが、単なるシリンダー錠なら壊《こわ》せばいい」

「……星霊《せいれい》って便利だね」

「いいや違う。ここまで応用が利《き》くのは私の『土』だからこそだ。星霊の多くは炎《ほのお》や風、雷《かみなり》など自然事象を生みだす『召喚系《しょうかんけい》』だが、私の星霊はまず土砂がなければ星霊術《せいれいじゅつ》が使えない『操作型』にあたる。その裏返しにこれだけの細かな――」

ハッと。

メモを取り始めた音々を見て、燐がはたと我に返った。

「……忘れろ。私のことなどどうでもいい」

「もしや燐さんって、いつもは寡黙《かもく》だけど喋《しゃべ》りだすと止まらないタイプ？」

「う、うるさい！　さっさと行くぞ！」

土の人形《ドール》を引き連れて、燐が隠し階段を指さした。

——地下へ。

二十段ほどの階段を下りた先に、一階とは違う明かりが漏《も》れていた。

淡《あわ》い蒼碧《そうへき》色。

まるで遠浅の海のように透《す》きとおった色の明かりを目印に、地下フロアへとたどり着く。

その先で。

「……何だこれは」

「え⁉　ちょ、ちょっと何これ⁉」

燐と、そしてミスミス隊長の口から驚愕《きょうがく》の声が突《つ》いて出た。

フロアに満ちる光の正体は——


まぶしいほどの星霊エネルギー。


天井《てんじょう》の照明ではなかった。

大ホールの至るところに巨大《きょだい》な機械炉《ろ》が設置されており、この淡い蒼碧色は、機械炉の奥から蒸気のように溢《あふ》れていたのだ。

「ありえない……これすべてが星霊エネルギーの反応炉だと⁉」

神々しいまでに鮮《あざ》やかな光を前にして、燐が一歩後ずさった。

圧倒《あっとう》されたかのように。

「星霊エネルギーの分離《ぶんり》輸送管《ダクト》はなかったはずだ。まさか地底の星脈噴出泉《ボルテックス》から直結式で汲《く》み上げて、変換《へんかん》過程なしで利用しているのか……イスカ！」

そして拳《こぶし》を握《にぎ》りしめて詰《つ》めよってくる。

「どういうことだ、これは！　帝国《ていこく》では星霊研究を禁止しているだと？　とんだ茶番を……この機械炉は何だ、星脈噴出泉《ボルテックス》のエネルギーを直結式で利用するのは、皇庁《おうちょう》でも未完成の技術だというのに！」

「僕が知ってると思うか？」

「っ」

「……素直に話すけど、僕だってこの光景に驚《おどろ》いてるんだよ」

イスカとて理由もなく無反応だったわけではない。

言葉が出なかったのだ。

ここは廃墟《はいきょ》に見せかけたシスベルの監禁《かんきん》場所であって、それ以外には何の価値もないと思いこんでいた。

……なのに。ここは何なんだ？

……僕らの目の前にある機械炉で、いったい何が行われてるんだ⁉

幻想《げんそう》的な光に満ちた大ホール。

この二十基もの機械炉の中から星霊エネルギーの光があふれ出ている。しかも光の色が、どれも微妙《びみょう》に違う。

火や水や風。いったいどれだけの星霊が集められている？

「ジン」

「俺に聞くな」

銀髪《ぎんぱつ》の青年が珍《めずら》しく、本当に珍しく、苦々しく表情を歪《ゆが》めていた。

「わざわざ廃墟を装った上に、こんな地下に隠してあるんだ。帝国が表向きに発表してる研究じゃないってことは確かだがな……」

「帝国軍は関わってない？」

「そこは不確かだ。俺らみたいな下っ端には秘密なのか、そもそも軍とも関係ない帝国の闇《やみ》か知らねぇが……これだけの施設《しせつ》を一個人が趣味《しゅみ》で集めましたなんてワケはねぇ。相当でかい権力者が裏にいるのは間違《まちが》いないだろ」

禁断の星霊研究。

燐の言葉を信じるなら、この施設は皇庁よりも未来《さき》を行っているという。

……帝国軍は関わってない。そう信じたい。

……だって僕が使徒聖になった時も、こんな研究は一度も聞いてないんだぞ！

いったい誰《だれ》だ。

ここにいるのは何者で、この隠し施設でいったい何を研究している？

「おい隊長《ボス》。一応聞いとくが何か知ってることはねぇよな」

「ア、アタシが⁉　こんなの全然知らないよ。音々ちゃんは、この機械炉が何なのか予想ついたりしない？」

「……全然わかんない」

音々があっさりと首を横にふる。

「多分これ、めちゃくちゃヤバい現場だよ。音々たちみたいな普《ふ》通《つう》の帝国兵が踏《ふ》みこんじゃいけなかったやつだと思う」

「私はむしろ合点がいった」

燐の口元に浮《う》かんだ不敵な笑み。

轟《ごう》ッとうなる機械炉を横目に、ホールを大股《おおまた》で進んでいく。

「シスベル様の連行先がなぜこんな廃墟なのかと思っていたが、なるほどな。ここならば捕《と》らえた魔女《まじょ》の監禁にはもってこいだ」

すさまじく湿度《しつど》と温度が高い。

まるでサウナだ。蒸気で霧《きり》がかかったこのホールは、地上の真《ま》っ暗闇《くらやみ》なフロアとは別の意味で見通しが悪い。

「燐、言うまでもないけど気をつけろ。尋常《じんじょう》の場所じゃない」

「世話焼きだな帝国剣士《けんし》。私が警戒《けいかい》を怠《おこた》るとでも？」

少女がナイフを放り捨てた。

スカートの襞《ひだ》に隠した収納部から、折りたたみ型の短刀《マチエット》を握り摑《つか》む。尋問《じんもん》用ではない。十分な殺傷力をほこる戦闘《せんとう》用の暗器である。

「……何者だ」

その燐が、数歩と進まぬうちに足を止めた。

霧の向こうに人影《ひとかげ》。

だが影《かげ》はピクリとも動かない。燐の声は届いているはずなのに。

「……余裕《よゆう》の表れか？　侵入者《わたしたち》など恐《おそ》れないと」

冷たい燐の声音。

短刀《マチエット》を構え、床を蹴《け》る。

「上等だ！　何者か知らんが串刺《くしざ》しにしてくれる！」

「────ちょ、ちょっとお待ちなさい燐、わたくしですわ！」

「っ⁉　シスベル様⁉」

燐が急停止。

イスカとジン、音々にミスミス隊長もだ。あまりに予想外な光景に、その場の全員が、己の目を疑いながら少女を見返した。


──車椅子《くるまいす》に縛《しば》りつけられたシスベル、を。


怯《おび》えを湛《たた》えながらも、その愛らしい面立ちは霧の中でも際立っている。

興奮でほんのりと赤らんだ頰《ほお》は生気に満ちて、何より艶《つや》やかなストロベリーブロンドの美しさは間違えようがない。

シスベルその人だ。

「燐！」

そんな王女が吼《ほ》えた。

「早く、この縄《なわ》を外してください！　ケルヴィナはこの奥に逃げましたわ！」

「……ケルヴィナ？」

「わたくしを監禁した女です。見せたい物があるといってわたくしをここまで運んできて、そこにあなた方が来たから奥に逃《に》げました！」

「た、ただちに！」

燐が慌《あわ》てて駆《か》けよった。

シスベルを車椅子に繋《つな》ぐ縄を次々と切って、最後に両手の縄も切断。

「ふぅ。おケガはありませんね」

立ち上がるシスベルを見て、燐が胸をなで下ろした。

「よかった。この施設の謎《なぞ》は残っていますが、アリス様や女王様もこれで安心されることでしょう。まったくシスベル様は幸運ですよ。なにしろ派遣《はけん》されたのがこの私でしたから。感謝してください」

「イスカ！」

「そうイスカに感謝を。……はい？」

燐の横をすり抜《ぬ》けて。

可憐《かれん》な少女が一目散に駆けよったのは、なぜか、燐の後ろにいた自分《イスカ》だった。

目に小さく涙《なみだ》をうかべて。

「ああ信じてましたわ！　あなたを選んだわたくしの目に狂《くる》いはなかった。あなたこそが理想の護衛です！」

「え……ちょ、ちょっと⁉」

シスベルが抱《だ》きついて離《はな》れないのだ。

ぎゅっと背中に手を回して、こちらの胸に顔をうずめるようにくっつけてくる。しかも、彼女の胸まで妙《みょう》に強く押し当てられている気が。

「本当に、本当に不安だったのですよ。人恋《ひとこい》しいし寂《さび》しいし……！」

「あ、あのシスベル？」

「今後は二度と離れないでくださいね。一生！」

「一生⁉」

「あら、そこにいるのはジン？」

自分《イスカ》に抱きついたまま、シスベルが次に見やったのは銀髪の青年だ。

「あなたにもまあまあ感謝しますわ。そうですわね、この活躍《かつやく》を讃《たた》え、今日からわたくしの親衛隊に加えてさしあげましょう！」

「いらねぇよ」

「名誉《めいよ》の一号ですわ」

「誰もなりたがる奴《やつ》がいねぇってことだろ」

「な、何を言っているのです、あなたも大事なわたくしの――――」

本人《シスベル》は気づいてないらしい。

熱っぽい口調で男二人を誘《さそ》うその行為《こうい》のかたわらで、凄《すさ》まじく醒《さ》めた視線で睨《にら》みつける女性陣《じん》がいたことに。

「…………音々、なんだかすごくムシャクシャしてきたんだけどぉ」

「…………アタシも、もう帰りたくなってきた」

「…………そうだな。見つけなかった事にして帰ってしまおうか」

助けて損した。

そんな表情の女性陣の次なる標的は。

「……イスカ兄、音々ちょっと失望したかも」

「……イスカ君にはがっかりだよ」

「……帝国剣士《けんし》、このことはアリス様にも伝えておくから覚悟《かくご》しろ」

「誤解すぎる⁉」

そんな横で――

呆《あき》れ口調のジンが、シスベルの髪《かみ》を無造作に引っ張っていた。

「おい、色ボケしてる場合じゃねえぞ」

「いたっ⁉　な、何をするんですか！　女性の髪を引っ張るなんて乱暴な行為は――」

「黒幕を追うんだろ」

「っ。わ、わかってますわよ……もういいじゃないですか。わたくしだって本当に怖《こわ》かったんですから」

くるりと方向転換《てんかん》。

霧のかかった奥を指さして、シスベルが表情を引き締《し》めた。

「燐、こっちです」

「シスベル様、そいつの逃げ先に心当たりは？」

「いいえ。わたくしもホールに連れてこられたばかりです。見せたい物があると言われて車椅子に拘束《こうそく》されたので……ただ改めて見ると、とんでもない施設ですわね」

蒸気と光を吐《は》きだす機械炉《ろ》を見上げる、王女。

愛らしい双眸《そうぼう》を険しくして。

「これだけの星霊《せいれい》エネルギーを放出し続けている。この下の地層によほど大きな星脈噴出泉《ボルテックス》があるのでしょうね。あるいは複数の星脈噴出泉《ボルテックス》を繋げたか」

「ですがシスベル様、ここは帝国《ていこく》ですよ」

「帝国にだって星脈噴出泉《ボルテックス》はあるでしょう。ねえイスカ、一年前のことを覚えてますか」

「え？」

「まだ言ってませんでしたわね」

ストロベリーブロンドの髪をなびかせて、王女がそっと振《ふ》り向いた。

苦い物を噛《か》みつぶすような口ぶりで。

「一年前あなたに助けられた時のことです。そもそも、なぜわたくしが皇庁《おうちょう》を飛びだして帝都《ていと》に侵入《しんにゅう》する必要があったのか」

「……あっ」

指摘《してき》されて初めて気づく。

一年前の『魔女脱獄《だつごく》事件』。牢獄《ろうごく》に捕らえられていた魔女《シスベル》を逃《に》がした時、てっきり自分は戦場で捕《つか》まった捕虜《ほりょ》と思いこんでいた。

……そんなわけなかったんだ。

……なぜならシスベルは王女だ。星霊の能力からいっても戦場に出てくるわけがない。

氷禍《ひょうか》の魔女アリスとは違《ちが》う。

戦闘能力がゼロであるシスベルが戦いの場に赴《おもむ》くことはない。

「一年前、わたくしは誰にも秘密で帝国への侵入を試みたのですわ。そこで帝国兵に見つかって投獄《とうごく》されたのですが……」

再び歩きだす。

そびえ立つように巨大《きょだい》な機械炉を横目に。

「帝国の星脈噴出泉《ボルテックス》を調べたかったのです。まさにこの機械炉の類《たぐい》を求めていた」

「っ!? お待ちをシスベル様、どういう意味ですか!」

「それは――――」

パリンッ
シスベルの靴先《くつさき》が、床《ゆか》に落ちていた硝子《ガラス》の破片を踏《ふ》み砕《くだ》いた。

「これは?」

顔を上げるシスベル。

白い霧がたちこめる正面にあるものは機械炉ではなかった。

「……………水槽《すいそう》ですか?」

透明《とうめい》な硝子でできた水槽。

人間一人が入れるほどに大きく、そして細長い。

喩《たと》えるならば「試験管」。

科学実験に用いられる器具を何百倍も大きくしたような形。シスベルが見上げたものは、その中でも一際大きな水槽だった。

「燐、これは何でしょう」

「いえ私にも。どうやら随分《ずいぶん》昔に砕けたようですが」

水槽は、内側から破壊《はかい》されていた。

まるで何かが飛びだした後かのように。シスベルが踏んだ硝子は、その当時の衝撃《しょうげき》で、床に砕けちった破片の一つだろう。

「燐、水槽の上に何かが書いてあります。見えますか」

「…………」

目を凝《こ》らす燐。

シスベルが指さす先を見上げて。

「……私には、『被検体《ひけんたい》E』と書かれているように見えますが」

「被検体イリーティア、の略称《りやくしよう》だよ」

硝子が砕ける音。

いくつもの破片を踏み抜きながら——

「良いものに目をつけたねシスベル王女。私が見せたかったのは、まさにこの水槽だよ。

説明の手間が省けた」

霧《きり》の向こうから一人の女がふらりと現れた。

臙脂《えんじ》色《いろ》の髪は、もう何年も櫛《くし》を通していないかのようにぼさぼさで。色あせた白衣を肩《かた》に引っかけた姿も、病的なまでに細く弱々しい。

……なのに何だ。

……この気味の悪い重圧感は。

得体が知れない。

イスカさえ、無意識のうちに手が星剣《せいけん》の柄《つか》にかかっていた。

「ケルヴィナ！」

「お？　名前を覚えてくれたようだねシスベル王女。ただ生憎《あいにく》、私の名前に価値はないよ。その水槽に入っていた魔女《まじょ》と比べればね」

後《うし》ろ髪《がみ》を掻《か》きむしり、ケルヴィナと呼ばれた女研究者が顔を上げた。

中央部分が砕けた水槽を見上げて。

「ここに入っていたのは君の姉だよ。第一王女イリーティア・ルゥ・ネビュリス９世」

「黙《だま》りなさい！」

第三王女シスベルが、歯を剝《む》き出しに叫《さけ》んだ。

「……またその戯《ざ》れ言《ごと》ですか……何を言っているのです。わたくしの姉が、こんな帝国の地下に囚《とら》われていたなど。あるわけがないでしょう！」

「この被検体《イリーティア》はね、自ら帝国に『実験』を志願したのさ。二年前だったかな」

「……黙りなさい！」

「結果として帝国が手に入れた初めての純血種だった。これがまあ、笑ってしまうくらい弱い星霊でね。私が知るかぎり最弱の魔女だったよ。研究価値も何もない」

「その口を閉じなさいと言っているのです！」


「──と、思っていた」


赤毛の女研究者が、やれやれと肩をすくめてみせた。

苦笑い気味に。

「私の生涯《しょうがい》最大の失態で、計り違いだった。まさか、まさかね」

「……な、何を言っているのです！」

「最初に言っただろうシスベル王女。ここは『魔女を生みだす地』だよ。私はこの地で、星の真実を追究してきた」

臙脂色の長髪《ちょうはつ》を大きくなびかせて。

狂科学者ケルヴィナは謳《うた》うように言葉を続けた。

「彼女《イリーティア》はいずれ『真の魔女』となるだろう。この星の誰《だれ》にも止められない存在に」

Intermission　『ヒトの望みの歓《よろこ》びよりも』

『魔女イリーティアを、喚問《かんもん》する』

帝国議会——世界最大領土を誇《ほこ》る「帝国」の最高意思決定機関において、一つの議題が議決された。

『顔を上げたまえイリーティア。二年ぶりの帝国。久方の訪れの気分はどうかね？』

「とても晴れやかな心地ですわ」

両手に拘束具をつけた姿で、女神のごとき容姿の魔女——イリーティアは、うっとりとしたまなざしで頭上を見上げた。

イリーティア・ルゥ・ネビュリス9世。

大きく波打つ髪《かみ》は、世にも美しい金を帯びた翡翠《エメラルド》色。

その美しき相貌《そうぼう》も幻想《げんそう》的なまでに甘く艶《なま》めかしい。そっと見つめて微笑《ほほえ》むだけで一国の王さえ容易《たやす》く陥落《かんらく》させてしまうだろう。

そんな究極なる美を魔法《まほう》と呼ぶのなら、この王女ほど「魔女」に相応《ふさわ》しい者はいまい。

「ご無沙汰《ぶさた》しております、八大使徒の皆《みな》さま」

広大な議会場。

その中心にある壇《だん》に立った姿で、八人の男女を順に見上げる。

八大使徒。

帝国議会を統括《とうかつ》する八人の最高幹部。そのおぼろげな顔の輪郭《りんかく》だけが、正面の壁《かべ》に設置されたモニターに映っている。

『よく戻《もど》ったね』

『あの施設で君が突如《とつじょ》立ち去ったこと、ケルヴィナは大層残念がっていたよ』

「ふふ、それは申し訳ありませんわ」

両手の拘束《こうそく》具をつけたまま、頰《ほお》に手をあててイリーティアが微笑《びしょう》。

懐《なつ》かしむような口ぶりで。

「私てっきり自分が『処分』されるかと思い込んでおりました。ケルヴィナ主任ったら、毎日毎日、私の星体データを採って頭を掻きむしってましたから。アレとの親和率が高すぎると」

『…………ほう。記憶《きおく》があるのか』

『……あの時の君は、自我を失っていたと報告されていたが』

「途切《とぎ》れ途切れに意識はありましたわ。もう少しで壊《こわ》されてしまうところでしたが、どうやら私、アレに気に入ってもらえたようです」

『……そうか』

八大使徒が押《お》し黙る。

この光景を、他の帝国《ていこく》議員が見ていれば絶句していたに違《ちが》いない。

計りあぐねている。

たった一体の魔女に、あの八大使徒が異様なほどに慎重《しんちょう》なのだ。

「というわけで――」

沈黙《ちんもく》を破ったのはイリーティア。

「制御《せいぎょ》不能の被検体として処分される前に脱出《だっしゅつ》したのです。でもよく考えれば誤解でした。まさか八大使徒《みなさま》が、そんな事を命令するわけがないですし？」

『そうだとも』

『誰にでも誤解はある。自ら被検体を申しでた誇り高き王女たる君に対し、我々がそんな決定を下すわけがあるまい』

「ええ。その節は大変なご無礼をいたしましたわ」

身震《みぶる》いがするほどの優雅《ゆうが》さで。

ネビュリス皇庁《おうちょう》の王女が、一礼してみせる。

「この通りです」

『頭を上げなさい。あなたは、他の下々の者とはまさに格が違うのだから』

『それより一つ尋《たず》ねたい』

『我々にあるのは二年前の君の星体データのみだ。現在の君はあの時以上に、もう全身にアレの侵食《しんしょく》が進んでいると見込んでいるが』

「もちろん」

翡翠《エメラルド》色の髪の魔女が、豊満な胸に手をあてた。

「それはそれはぞっとする感覚ですわ。でも段々……一体化が心地よくなってきましたの。私のすべてが弄《いじ》られていく感触《かんしょく》がとても気持ちよくて」

『――――』

『――――』

「もう何も恐《おそ》れない」

魔女の指先に力がこもった。

大きな果実を鷲《わし》づかみにするように。王衣《ドレス》の外から、指が食い込むほどに力をこめて、こぼれ落ちそうなほど豊かな胸を握《にぎ》り摑《つか》んでみせる。

「もう少しで私、ようやく世界を変えることができそうです」

静寂《せいじゃく》。

埃《ほこり》の舞《ま》う音さえ聞こえてきそうなほどの、深い深い沈黙を隔《へだ》てて――

『では改めて問おう』

『イリーティア、君の目的はいったい何だね？』

「…………」

魔女がゆっくりと息を吐《は》きだした。

「私ですか？　私は、昔から何一つ変わっていませんわ」

胸から手を離《はな》す。

八人の最高権力者たちを見上げるまなざしには、数秒前とはまるで別人の――気高き品格が滲《にじ》んでいた。

「皇庁《くに》を変革したいのです。王家に生まれた者だけが祝福され、私のような弱い星霊《せいれい》使いが虐《しいた》げられる。そんなことのない楽園へ」

今のネビュリス皇庁は、偽《いつわ》りの楽園だ。

生まれながらに強い星霊を宿した者だけが栄華《えいが》を得る。

物心ついた瞬間《しゅんかん》から、次女《アリス》や三女《シスベル》は家臣から称《たた》えられてきた。月《ゾア》のキッシングに太陽《ヒュドラ》のミゼルヒビィもそうだろう。

大いなる純血種。まさしく次代の女王にふさわしい星霊《ちから》だと。

——翻《ひるがえ》せば。

この皇庁《くに》では、それ以外の者が脚光《きゃっこう》を浴びることは決してない。

建国以来変わらぬ組織《システム》。

その中で、第一王女イリーティアに居場所はなかった。

「私の星霊は『声』ですわ。ただの声真似《まね》しかできません。隠《かく》し芸どころか酒場の一芸がお似合いだと。そう言われてきました」

悔《くや》しかった。

誰にも涙《なみだ》を見せることなく、自分のベッドだけで夜を泣き明かした。

——自分にできる努力はすべてしたのに。

——勉強も作法も、女王にふさわしい品格を求めて誰より努力したのに。

誰も認めてくれなかった。

ただ「星霊が弱い」の一点だけで、自分は嗤《わら》われ続けた。

「ご存じのとおり、私は女王失格と言われてきましたわ。子供の時から、第一王女《イリーティア》は女王になれないと散々な揶揄《やゆ》を受けてきました」

『その通り』

『生まれながらの星霊の価値で、人間の価値が決まる。それが皇庁だ』

『誰よりも魔女を差別するのは帝国ではない。ネビュリス皇庁そのものだと――二年前、君がそう言っていたことを覚えているよ』

そのために。

そのために第一王女《イリーティア》は、帝国へと渡《わた》ったのだ。

純血種である自らの肉体を差しだして、八大使徒が秘密裏に進めている研究の被検体《ひけんたい》として名乗りでた。

「だから私は、真の魔女になりたいのです」

『真の魔女とは？』

「究極で絶対で唯一《ゆいいつ》で、世界最後の魔女ですわ」

八大使徒を見上げる魔女の姫《ひめ》。

もっとも弱い純血種として生きてきた王女が語る、夢。

「現在《いま》の皇庁にとっては災厄《さいやく》の魔女となるでしょう。女王《はは》にとっては愚《おろ》かな娘《むすめ》で、二人の妹たちには血迷った姉と罵《ののし》られるでしょう」

『それでいいのだと？』

「はい」

『女神のごとき美貌《びぼう》を犠牲《ぎせい》にしても？』

『君のその嫋《たお》やかな肉体ならば、世の男すべてを虜《とりこ》にして思うさま快楽を享受《きょうじゅ》しつくすことも容易だろう。そんな人間らしい欲望《よくぼう》も持ち合わせないと？』

「……あはっ」

二十という実年齢《じつねんれい》以上に成熟した魔女が。

初めて、年相応の茶目っ気めいた微笑で噴《ふ》きだした。

「こんな身体《からだ》つきだからよく誤解されるのですが、私これでも清純な乙女《おとめ》なのですよ？快楽とか享楽《きょうらく》とか言われても、よくわかりませんわ」

『興味もないと？』

「ヒトとしての歓びなど、とうに捨てました」

『素晴らしい』

頭上からふりそそぐ拍手《はくしゅ》。

イリーティアの見上げる八台のモニターから、惜《お》しみなき礼賛が響《ひび》きわたった。

『素晴らしい覚悟《かくご》だ』

『我々は再び協力しあえることだろう。なにせ目指すところが同じなのだから』

『そう。この星の中枢《コア》こそ我々の求めているものだからね』

魔女の頭上にふりそそぐ、拍手のシャワー。

『ではイリーティア、改めてようこそ帝国へ』

『君のための部屋を用意しよう。彼についていきたまえ』

イリーティアが振《ふ》り返る。

いつ現れたのか。

議会場の入り口には、紅の髪《かみ》の騎士《きし》が立っていた。

──使徒聖第一席『瞬《またたき》』の騎士ヨハイム。

忘れもしない。

この男の長剣《ちょうけん》で斬《き》られた傷は、いまだイリーティアの胸にわずかな痕《あと》として残っている。

尤《もっと》も、あと数日で消えるだろうが。

「あなたが私を案内して下さるのね？」

「…………」

「ではお願いしますわ」

踵《きびす》を返す使徒聖第一席。

ついてこい。無言でそう語る彼を追いかけて、イリーティアもまた歩きだした。

八大使徒に背中を向けて。

「まずは故郷を。帝国を変えるのは、その後でいいものね」

魔女は、艶《つや》めく唇《くちびる》でそう呟《つぶや》いた。

Chapter.6　『智天使』

1

極東アルトリア管轄区《かんかつく》。

帝都《ていと》からはるか遠き東の僻地《へきち》。その地下施設《しせつ》で――

「お前たちは幸せだ。二年後《いま》のイリーティアを見ているんだろう？」

割れ砕《くだ》けた水槽《すいそう》。

被検体Ｅと彫《ほ》られた札を見上げる女研究者は、興奮の口ぶりを隠そうともしなかった。

「ヴィソワーズが良い例だ。星霊との融合《ゆうごう》を果たした被検体は、例外なく人間の肉体から逸脱《いつだつ》する兆候を示すからね。イリーティアはどうだ？」

シスベルを、燐《リン》を、そして第九〇七部隊の面々を。

見まわしながら口早に問いかけてくる。

「まだ人間の外見をしていたかな。皮膚《ひふ》の色は？　目の色は？　口に牙《きば》でも生えてなかったか？　ああ、それとも頭部が二――」

銃声《じゅうせい》。

大ホールに充満《じゅうまん》する霧《きり》を貫《つらぬ》いて、一発の弾丸《だんがん》がケルヴィナの頰《ほお》をかすめていった。

つっ……。

頰の薄皮《うすかわ》一枚を切り裂《さ》かれ、ゆっくりと赤いものが滲《にじ》んでいく。

「てめぇのトークショーを誰《だれ》が許可した？」

銀髪《ぎんぱつ》の狙撃《そげき》手が、銃《じゅう》の銃口《じゅうこう》を突《つ》きつける。

距離《きょり》およそ十メートル。

ジンであれば、ケルヴィナの前髪《まえがみ》一本単位の精度で撃《う》ちぬいてみせるだろう。

「こっちは正規の帝国軍《ていこくぐん》だ。帝国の法規に反する疑いで査問する」

「ああ、君たちは帝国兵か」

意外そうなまなざしでこちらを見返す女研究者。

「シスベルの奪回《だっかい》に来たのなら皇庁の刺客《しかく》と思っていたが？」

「知ったことかよ。……ヴィソワーズとかいう魔女には心当たりがある。アイツをああいう身体にしたのはお前か？」

「ヴィソワーズはとてもいい被検体だよ。アレとの共鳴率が高すぎず低すぎず」

「アレってのは何だ」

「この星の悪夢さ」

「っ？」

「星の民が『大星災《だいせいさい》』と呼び畏《おそ》れたもの。ソレは星霊《せいれい》と似て非なるものでね。喩《たと》えるなら百億匹《ひき》の蝶々《ちょうちょう》に一匹《いっぴき》だけ交じった毒蛾《どくが》のようなものかな。可愛《かわい》らしい蝶と思って近づけば痛い目にあう」

「…………」

「それはごく稀《まれ》に星脈噴出泉《ボルテックス》を通じて星の中枢から浮上《ふじょう》してくる。その現象を『大接触《せっしょく》』と呼ぶんだが、そのエネルギーを抽出《ちゅうしゅつ》してここで――」

「もういい時間の無駄《むだ》だ」

ジンがぴしゃりと打ち切った。

大ホールに並び立つ巨大《きょだい》な機械炉《ろ》と、そして割れ砕けた水槽を一瞥《いちべつ》して。

「要するに人体実験だな。お前がやっていたのは」

「星体実験だよ」

「言葉遊びはいい。隊長《ボス》、音々《ネネ》」

高圧電気銃《テーザー》を構える二人に、ジンが後ろの機械炉を顎《あご》で指した。

「今のうちに証拠《しょうこ》写真だ。それと証人が要る。どうせ実験体候補の奴《やつ》らが捕《つか》まってるはずだ。見つけて解放してやれ」

「いないよ」

頰から滴《したた》る血を拭《ぬぐ》おうともせず、ケルヴィナが首を横にふって。

「私が欲《ほっ》しているのは純血種に連なる被検体だ。帝国とて容易《たやす》くは手に入らない。だからこそ太陽《ヒュドラ》からの提供は貴重だったし、イリーティアが自らやってきた時には狂喜乱舞《きょうきらんぶ》したものさ。だから」

女研究者が向き直る。

薬品漬《づ》けで荒《あ》れた指先が示したのは、ストロベリーブロンドの髪の王女。

「逃《に》がさないよお前《シスベル》は」

「ひっ⁉」

爛々《らんらん》と輝《かがや》く歪んだまなざし。

その視線に射貫《いぬ》かれて、シスベルが思わず後ずさった。

「お前の身体はとても貴重だ。楽し——」

銃声。

二度目の轟音《ごうおん》がホールに響いて、赤毛の女研究者がよろめいた。

左頬《ひだりほほ》。

右の頬よりも数ミリ深く、ジンの放った銃弾《じゅうだん》はケルヴィナの肉を切り裂いていた。

「質問にだけ答えろ」

「…………………」

ぽちゃっ。

床《ゆか》に滴る血を見下ろしたまま、狂科学者が押《お》し黙《だま》る。

「――――――」

「てめぇの歪《ゆが》んだ情欲《じょうよく》に付き合う気はねぇよ。大人しく拘束《こうそく》されろ。司令部に連絡《れんらく》して、最寄りの基地に引き渡《わた》す」

「それは困る」

床を見つめたまま、狂科学者。

「ここで開発しているものは繊細《せんさい》でね。検査器の値を見張って、一定の温度と薬剤濃度《やくざいのうど》を常に保たなければならない。私がいなくなればすべて台無しになる」

「最高じゃねえか」

真顔のジン。

「てめぇを拘束する。この気色悪ぃ施設を壊《こわ》す。一石二鳥ってことだろ？」

「……それは、こちらの台詞《せりふ》だよ」

いつ取りだしたのか。

ケルヴィナの手には、掌《てのひら》にすっぽり収まるほど小型の端末《たんまつ》。それはボタン一つしかないリモコンだった。

「帝国軍一部隊。ちょうどいい実験相手になるだろう。よく来てくれたね」

「おい、勝手な真似《まね》は――」

「もう遅《おそ》いよ」

ジンが狙撃する間もない。

狂科学者の指先がボタンに触《ふ》れたと同時、大ホール中の機械炉から轟音が鳴《な》り響《ひび》いた。

ガコンッ、と。

火花をまき散らし、炉のガラス蓋《ぶた》が吹《ふ》き飛《と》んだ。

吹き上がる蒸気。続いて噴火《ふんか》のごとく噴《ふ》きだした星霊エネルギーが、大ホールを真昼のような明るさで満たしていく。

「何だ！　この光……!?」

手で目元を覆《おお》ってもまだ眩《まぶ》しい。直視ができないほどの異常な強さの星霊光。その光を前にして、イスカは背筋を伝う寒気に身震《みぶる》いした。

「まさか……」

見覚えがあった。

この星霊エネルギーを確かに見たことがある。自分だけではない。独立国家アルサミラで、音々とシスベルも一緒《いっしょ》に目撃《もくげき》した。

〝イスカ兄。機体の中に何かあるよ、絶対！〟

〝殲滅物体《オブジェクト》！　お前の内部《なか》に、いったい何が隠れてる！〟

シスベルを追ってきた魔女狩《まじょが》りの機兵「殲滅物体《オブジェクト》」からあふれ出した光と、同じ。

あの時、機兵の中に潜《ひそ》んでいたものは――

「出ておいで『カタリスクの獣《けもの》』」

ケルヴィナの命と同時に、機械炉が粉々に砕け散った。

飛びだしたのは朧気《おぼろげ》な発光体。

菫《ヴァイオレット》色に輝く人間のようなシルエット――その全身から星霊エネルギーに似た光があふ

れ出している。

「……あの時の！」

頭上の「星霊のようなもの」を見上げたシスベルの声が、裏返った。

「イスカ、殲滅物体《オブジエクト》の内部にいた怪物《かいぶつ》ですわ！」

「……僕にもそう見える」

黒の星剣《せいけん》を構え、イスカはこくんと息を呑《の》みこんだ。

まさか。

こんな場所で、あの正体不明の機兵の秘密が解き明かされるとは。

「ケルヴィナ、こいつを生みだしたのはお前だったのか！」

「ほう、知っているのかい？」

赤毛の狂科学者が、片眉《かたまゆ》をつりあげた。

「仮名称《めいしよう》『カタリスクの獣』。ご覧のとおりの人造星霊。帝国軍のあらゆる兵器の次世代動力源《エネルギー》となるべきものだよ。私は単にペットと呼んでいるがね」

「……人造星霊？」

「ああ、そういえばコイツを殲滅物体《オブジエクト》に搭載《とうさい》して、八大使徒に提供した覚えがある。それを目撃したのなら貴重な体験だっただろうね」

……目撃だって？

……そんな可愛いもんじゃないだろ！

この『カタリスクの獣』にシスベルが襲《おそ》われたことで、国一つが炎上《えんじょう》する寸前まで陥《おちい》ったのだ。それを量産していたことに寒気を禁じ得ない。

「理解した」

床を蹴《け》る跳躍《ちょうやく》音。

短刀《マチエット》を握《にぎ》る燐が、上空の人造星霊《ペット》など見向きもせずに一直線にケルヴィナへ。

「やはりお前を潰《つぶ》すのが手っ取り早い」

「散れ」

「燐、屈《かが》め！」

後ろから燐の腕《うで》を摑《つか》み、イスカは力ずくで床に押し倒《たお》した。

――自爆《じばく》命令。

光の爆発《フレア》。

上空に浮《う》かんでいた人造星霊《ペット》が膨《ふく》れ上《あ》がり、直後、菫色《ヴァイオレット》の爆炎《ばくえん》となって破裂《はれつ》した。

「……貴様っ！」

燐が激昂《げっこう》の面持ちで立ち上がるも、既《すで》にケルヴィナの姿はない。

霧《きり》の向こう――

ひるがえった白衣が大ホールの奥へと消えていく。

「シスベル、今のうちに外へ！　まだ他にも人造星霊《ペット》が動きだすかもしれない」

爆炎の火の粉が舞《ま》い散るなか、イスカは振《ふ》り返《かえ》った。

呆然《ぼうぜん》と立ち尽《つ》くしている少女へ。

「隊長なら外に出る道がわかってる。音々とジンも一緒に。外に出たら最寄りの帝国軍に連絡を！」

「ま、待ってイスカ！　あなたは⁉」

「あの女を放っておけないだろ」

「ですが……！」

「行くぞ」

シスベルの肩《かた》を摑んだのは、ジンだった。

いまだ蒸気の上がり続ける機械炉を睨《にら》みつけながら。

「お前が脱出《だっしゅつ》しなきゃ意味がねえんだよ。何の為《ため》に俺らがここまで来たと思ってんだ」

「……っ」

王女が唇《くちびる》を嚙《か》みしめて。

直後、ストロベリーブロンドの髪《かみ》をなびかせて駆《か》けだした。

「イスカ、わたくしの護衛《もの》になるまで死ぬのは許しませんからね！　ジン、全速力で出口まで案内してください！」

霧の奥へ走って行く。

その背中を見届けることなく、イスカは逆方向へと振り返った。

──ケルヴィナの逃走《とうそう》先へ。

床を蹴る。

と、そこに茶髪《ちゃぱつ》の少女が並んできた。

「燐？」

「お前一人を置いてきたら、後でシスベル様に叱《しか》られる」

轟音を立てて震《ふる》えだす機械炉《ろ》。

その横を通り過ぎざまに、アリスの従者が「それに……」と付け足した。

「認めたくはないが、これで第一王女《イリーティア》様が帝国《ていこく》と繋《つな》がっていたことは明確になった。太陽《ヒュドラ》と同じく、我が国の裏切り者だ」

「…………」

「女王様に報告せねばならない。もちろんアリス様にも」

帝国への通謀者《つうぼう》は二人いる。
それは皇庁《おうちょう》にいる時から、ほぼ確実なものとして推測できていた。
〝暴力政変《クーデター》の黒幕は二人いた。イリーティアと、帝国軍を呼びよせたお前だよ〟
看破したのはジンだ。
ルゥ家の別荘《べっそう》で、ヒュドラ家当主タリスマンにそう断言してみせた。
……燐やアリスにとっては酷《こく》な話か。
……まさか家族の一人が、女王暗殺計画の黒幕だったなんて。
帝国兵《じぶん》には関係ない。
そう自らに言い聞かせてもなお、アリスが悲愴《ひそう》にくれる姿が想像できてしまう。
と同時に、戦慄《せんりつ》する。
〝元使徒聖イスカ。私の部下《もの》になりませんか?〟
〝私、いまの皇庁を粉々にしたいのです。根っこからひっくり返したい〟

彼女《イリーティア》はすべてを語っていたのだ。

あまりに脈絡《みゃくらく》なく、聞かされた自分《イスカ》の方が冗談《じょうだん》だろうと思いこんでいたが。

……ルゥ家の別荘でだ。

……僕と二人きりだったとはいえ、あんな堂々と言えるか普通《ふつう》？

底が見えない。

第一王女イリーティアは何が望みなのだ。帝国に寝返《ねがえ》り、あの不気味な『魔女化』のために身体《からだ》を捧《ささ》げてまで求めるものは？

「いたぞ！」

燐の声に、イスカは我に返った。

大ホールを抜《ぬ》けた先の廊下《ろうか》を渡《わた》って、奥へと駆けこむ赤毛の女研究者。彼女が通り過ぎざまに機械式の扉《とびら》が閉まっていく。

「内側から塞《ふさ》ぐ気か？　こじ開けろ！」

土の人形《ドール》が飛びだした。

スライド式に閉じていく扉に指をかけ、力ずくでこじ開ける。その隙《すき》に、イスカは燐と共に飛びこんだ。

――もう一つの大ホール。

真っ先に視界に飛びこんできたのは一際大きい機械炉だ。手前のホールにある何十基の炉より二回りは大きいだろう。騒々《そうぞう》しいまでの轟音《ごうおん》と星霊光《せいれい》を放出している。

その炉から離《はな》れた場所で。

「追《お》い詰《つ》めたぞ、女」

背中を向けたケルヴィナへと詰めよる燐。

「貴様がしているのは星霊の研究ではない。星霊への冒瀆《ぼうとく》だ」

「――――」

「皇庁に連行したいところだが、それが敵わぬのならイリーティア様に関することだけは洗いざらい吐《は》いてもらう」

「――――」


「鶍《イスカ》という鳥を知っているかな？」

狂科学者が、振り向いた。

白衣を肩にひっかけたままの姿で。

「小さな鳥だよ。飛んでいても誰《だれ》も気に留めない。でもその鳥はね、『上下の嘴《くちばし》が不揃《ふぞろ》い』

という極めて珍《めずら》しい特徴《とくちょう》がある。それゆえに、その不揃いな嘴には数多くの伝承ができた。聖人に刺《さ》さった鎗《やり》をその嘴で引き抜いたとか、悪魔《あくま》の矢を受けとめたとか」

ケルヴィナのまなざしが――

自分へと向けられた。

「元使徒聖イスカ、お前の星剣がよく似ているんだよ。黒と白。刃《やいば》の長さも違《ちが》う。なんとも不揃いだ。鶍《イスカ》の嘴とよく似ている」

「……何が言いたい」

「秘められた逸話《エピソード》があるのだよ。その星剣にもね」

ドクンッ

巨大《きょだい》な怪物の心拍《しんぱく》音？　そうイスカが一瞬錯覚《いっしゅんさっかく》するほどに、大ホールにこだました鼓動《こどう》は異様なまでに大きかった。

その音はケルヴィナの胸から。

ドクンッ、ドクン……と伝わってくる。

「私は帝国人だ。生まれつき星霊を宿しているわけではないからね。強引な魔女化に時間がかかる。過去三回の試行による平均は六分二十九秒」

咆吼《ほうこう》が響《ひび》きわたった。

菫色《ヴァイオレット》の炎が燃え上がり、狂科学者の全身を呑《の》みこむ。

「なっっっ⁉」

燐が目を剝《む》いた。

「イスカ、これはヴィソワーズと同じ……」

「燐、離れろ！」

イスカと燐とが同時に跳躍。

二人が立っていた床《ゆか》を、膨れ上がる菫色《ヴァイオレット》の炎が呑みこんだ。

『ああそうか。ヴィソワーズとも既に交戦済みだったね』

炎の奥で。

星霊研究者ケルヴィナ・ソフィタ・エルモスだった者が、変貌《へんぼう》していく。


悪星変異『カタリスクの天使』──


身につけていた衣服はすべて吹《ふ》き飛《と》んで。

臙脂色《えんじいろ》の髪はみるみる硬質化《こうしつか》していき、肉体が曇《くも》りガラスのような半透明《はんとうめい》になっていく。

……魔女ヴィソワーズと同じか？

……違う。だとしたら、あの背中に生えてる棘《とげ》は何だ⁉

変貌を続けるケルヴィナの背中から、黒い突起物《タレット》が隆起《りゅうき》しはじめたのだ。棘のように細かったものが徐々《じょじょ》に肥大化して、まるで歪《いびつ》な翼《つばさ》のように。

『魔女ならぬ、魔天使《まてんし》……』

人間だったものが翼を広げた。

『ヴィソワーズと同じ施術《せじゅつ》では研究の進歩がない。薬剤《やくざい》の濃度《のうど》を変えてみた結果がこれだ。拒絶《きょぜつ》反応の代償《くるしみ》も大きかったが』

じっとりと舐《な》めるようなまなざしで。

魔天使ケルヴィナが、大ホールまで追ってきた二人を見下ろした。

『星霊の時代はまもなく終わる。この新たな力でね』

2

名前のない研究所。

ただ「魔女の生まれる地」とだけしか聞かされていない館の地下フロアを、息を切らせて走り続ける。

「シスベルさん、こっち！」

「わ、わかってますわ！」

音々の手招きに応じて、シスベルは地上に続く階段を駆け上がった。

「シスベルさん、どこかに隠《かく》し扉は!? 外に出る非常扉みたいなの！」

「……覚えがありません。わたくしを地下に閉じこめたのなら、おそらく地下から外への直通経路も一つや二つあるのでしょうが」

薬品保管庫。

まるで記憶《きおく》にない部屋を見まわして、シスベルは唇《くちびる》を嚙《か》みしめた。

自分は眠《ねむ》らされていた身だ。

現在地もわからない。音々やミスミス隊長の後を追いかけている今この時も、迷宮内を彷徨《さまよ》っているような心地がする。

「来た道を戻《もど》るしかねぇな。あの真っ暗なフロアを逆走するのは気が進まねぇが」

「ジン、あの……状況《じょうきょう》が状況なので手短ですが」

最後尾《さいこうび》を担う狙撃《そげき》手に、シスベルは首だけ振《ふ》り向いた。

「ありがとうございます。わたくしのために撃《う》ってくれたのですね」

「何がだ」

「……いえ。どうせあなたはわかってるから言及《げんきゅう》しません」

狙《ねら》い通したタイミングだった。

彼《ジン》がそれを無意識にやったとは思えない。


〝イリーティアはどうだ？〟

〝まだ人間の外見をしていたかな。皮膚《ひふ》の色は？　目の色は？　口に牙《きば》でも生えてなかったか？　ああ、それとも頭部が二――〟


実の姉を化け物扱いされた。

あの時の自分は、さぞ壮絶《そうぜつ》な怒《いか》りの形相だったに違いない。そんなケルヴィナの口上を黙《だま》らせたのがジンの放った銃弾《じゅうだん》だ。

「溜飲《りゅういん》が下がりました。頬《ほお》をかすめるだけじゃなく、思いっきり拳骨《げんこつ》で殴《なぐ》ってもらえたらさらに良きでしたが」

「それはイスカの役だ。俺じゃねえよ。それと走れ」

「わ、わかってますってば！」

音々とミスミス隊長を必死に追いかける。

天井《てんじょう》の明かりはない。先を走る二人の背中がみるみると闇《やみ》の中へと消えていく。

「ど、どこですかミスミス隊長！　音々さん！」

「シスベルさんこっち！」

壁《かべ》に反射するのは音々の声。

それも、この真《ま》っ暗闇《くらやみ》の迷宮ではあまりに頼《たよ》りない。そもそも床が真っ暗で、障害物でもあれば足を引っかけて転倒《てんとう》しかねない。

「ああもうっ……仕方ありませんわね」

服の襟《えり》に手をかける。

ボタンを外して胸元を露《あら》わに。自らの星紋《せいもん》を露出《ろしゅつ》させる。

淡《あわ》い光。

せいぜいマッチ棒の火でしかない光量だが、まったくの無明よりは幾分《いくぶん》ましだ。

「……我ながらあまりに頼りない星霊光ですわね」

「便利じゃねえか」

「これをやると人間発電機みたいで嫌《いや》なのですわ。それとジン、こっち見ないでください。乙女《おとめ》の胸を覗《のぞ》くのは紳士《しんし》と言えません」

「覗くものがあるのか？」

「ありますわ―――――――……むぐっ!?」

「黙れ」

後ろから抱《だ》きつかれるようにジンが密着。

片手で口を塞《ふさ》がれた。

つい大声を出してしまったのがまずかった？　そう思ったが、そのジンが薬品保管庫を睨《にら》みつけたまま動かない。

「……あの光は」

強烈《きようれつ》な菫《ヴアイオレツト》色の輝《かがや》きが垣間見《かいまみ》えた。

シスベルがそう認識したと同時、爆炎《ばくえん》とともに薬品保管庫の扉《とびら》が拉《ひしや》げて吹き飛んだ。

炎の中から、幽霊《ゆうれい》じみた人影《ひとかげ》が這《は》い上がってくる。

人造星霊《ベツト》と呼ばれる怪物《かいぶつ》が。

「まさかわたくしを追って……!?」

「走れ！」

背中を押されるまでもない。

ジンが叫《さけ》ぶ前に、シスベルは無我夢中で真っ暗闇の通路を走りだしていた。

　　　　　　　　　　　　　═

『人間に興味はない。でもお前は特別だよ、元使徒聖イスカ』

淡い星霊《せいれい》光に満たされた大ホール。

半透明なガラス質の肉体をした「人間だったもの」が、ゆっくりと浮《う》かび上がっていく。重力から解きはなたれた魔天使《ケルヴィナ》が。

『使徒聖ほどの超人《ちょうじん》はぜひ被検体《ひけんたい》に欲しかった。前々から八大使徒にお願《リクエスト》いしていたんだが、思いのほか楽に手に入りそうだ』

八大使徒。

その言葉に、イスカは胸の内だけで眉《まゆ》をひそめた。

こみ上げるものは二つ。「まさか」と「やはり」という相容《あいい》れない思惑《おもわく》が、同時に胸に渦巻《うずま》いていく。

……こんな物騒《ぶっそう》な研究所だ。とてつもない大物が黒幕だとは思ってたさ。

……よりによって八大使徒か！

おそらく帝国《ていこく》司令部も知るまい。

帝国でもっとも危険な闇に触《ふ》れてしまったのだ、自分たちは。

『だから――』

「戦闘《せんとう》時にぺちゃくちゃとよく喋《しゃべ》る」

床を蹴《け》る音。

魔天使ケルヴィナは気づきもしなかった。イスカの隣《となり》に立っていたはずの燐が、大きく回りこんで背後を取っていたことに。

「その趣味《しゅみ》の悪い翼をもいでやる」

さながら豹《ひょう》。

床の一蹴りで三メートル近く上昇《じょうしょう》し、大型の短刀《マチエット》を両手で振りおろす。

――ぎちっ。

鈍《にぶ》い音。

続いて響きわたったのは、短刀《マチエット》の刃《は》が千々に砕《くだ》けた破砕《はさい》音だった。

「王家の宝刀が⁉」

『星の要塞《ようさい》に匹敵《ひってき》する硬度《こうど》だ。戦車の砲撃《ほうげき》でも砕けんよ』

魔天使ケルヴィナの翼が蠢《うごめ》いた。

翼を構成するのは羽根ではなく無数の突起物《タレット》。その突起の一つ一つが輝きだしたのだ。

多砲身式機関銃《ガトリングガン》の発射直前さながらに。

光が集束していく。

何十という光が一つの束になり、大ホールが真昼のような明るさへ。

「燐、その光に当たるな！」

『星夜見《ほしよみ》』

魔天使の翼から放たれたそれは——

かつて殲滅物体《オブジェクト》が放った極大の星霊エネルギー砲。キィッと甲高《かんだか》い音を奏でる光の帯が、虚空《こくう》を灼《や》き貫《つらぬ》いて燐へと迫《せま》る。

「燐！」

「私を蹴り飛ばせ！」

空中で身動きのとれない燐を、光の射線上に飛びだした土の人形《ドール》が蹴り飛ばし……そして光に触れて蒸発した。

「私の人形《ドール》を消し飛ばした⁉」

青ざめる燐をかすめた光線が、大ホールの床《ゆか》を溶《と》かしながら切断。さらにその奥の壁に触れて大爆発《ばくはつ》を引き起こした。

「ぐっ⁉」

爆風《ばくふう》に煽《あお》られながら燐が着地。

『お前に興味はないよ魔女《まじょ》』

翼《つばさ》のもう片翼に灯《とも》る何十という光。それが再び集束していって、太陽のごとき眩《まぶ》しさで大ホールを照らしだす。

「させると思うか？」

閃光《せんこう》が、なかばで途切《とぎ》れた。

燐の前に飛びだしたイスカの振るった、黒の星剣《せいけん》の一撃《いちげき》でだ。

『光を切断？』

「殲滅物体《オブジエクト》で見た砲撃だ。嫌でも覚える」

背筋に滴《したた》り落ちる冷たい汗《あせ》。

痺《しび》れた右腕《みぎうで》が動かないことを悟《さと》られぬよう、ごく自然に魔天使《まてんし》を睨みつけた。

……今のは完全にがむしゃらだ。

……閃光を斬《き》るなんて神業《かみわざ》が百パーセント成功するわけがない。

イスカの技量をもっても不確実。

だが無茶を承知で挑《いど》まなければ、燐という少女の肉体は消し炭となって世から消滅《しょうめつ》していただろう。

『さすがと言いたいが、魔女を庇《かば》ったのは失態だな』

魔天使ケルヴィナの嘲笑《ちょうしょう》。

『その右腕は動くまい。激痛で、剣を持つのも苦しいだろうに』

「……っ」

『私の星霊エネルギーがお前の右腕にこびりついている。光を斬る際に、わずかに右手の甲《こう》に掠《かす》ったのだろう?』

イスカの右手の甲から滲《にじ》む出血。

それをじっくりと観察するように、魔天使が目を細める。

『だが、お前の星剣はやはり素晴らしい。私の星霊エネルギーを斬ることができるなら、その刃は「星の終末」にさえ通じる可能性がある』

「……何のことだ」

『大いなる探究心だよ』

魔天使が宙から手を伸《の》ばす。

差しだせと、そう言わんばかりの仕草でもって。

『その剣がますます欲しくなってきた。なにせ星の民が鍛《きた》えた究極の器《うつわ》というからね』

「黙《だま》れ怪物」

『?』

広大なホールの隅《すみ》から。

星霊エネルギーに煽られて倒《たお》れた少女が、起き上がった。

空中の魔天使ケルヴィナめがけて一直線に走りだす。それはイスカの視点でみても、あまりに無茶な突撃《とつげき》だった。

「だめだ、近づくな燐！」

無策すぎる。

魔天使の肉体に通じずに、短刀《マチエット》がへし折られたばかりではないか。何よりも星霊術《せいれいじゅつ》が使えない。操るための土がないからだ。

『破れかぶれか』

ケルヴィナからの落胆《らくたん》の声。

『土の魔女とは惨《みじ》めだな。操る土砂がなければ無力。あの土の人形《ドール》が最後の手駒《てごま》だったのだろうが』

「――――」

『その握《にぎ》った拳《こぶし》で何が………っっっっっっ⁉』

魔天使ケルヴィナがよろめいた。

自分より二回りは小さい人間に、空中で頬《ほお》を殴《なぐ》り飛《と》ばされたのだ。

予測不可能だったことだろう。

星霊エネルギーの塊《かたまり》ともいうべき存在に、人間の拳が通じる道理はない。そのはずが、なぜ殴られた。

「何か言ったか？」

着地した燐が振《ふ》り向いた。

その右拳を見せつけるように、宙の怪物へと掲《かか》げてみせる。

――土で覆《おお》った拳を。

「星霊エネルギーは効く。なら簡単だ。私の星霊で操った土をグローブ状に纏《まと》わりつけて、それで思いきり殴り飛ばす」

『…………』

魔天使の頬に、亀裂《きれつ》のような小さき罅《ひび》が。

さして大きな痛みには見えないが、それでも燐という星霊使いの脅威《きょうい》を知らしめるには十分すぎる一撃だった。

『土の魔女。それはお前の星霊術か』

「見ればわかる」

『……お前が扱《あつか》える土はどこにもなかったはず』

「ここにある」

パリンッ

燐の足下で、砂入りフラスコが割れ砕けた。

「土がなければ土の星霊使いは無力？　そんなもの百年前から知っている。私の先々々々代からな」

帝国の狂科学者は、舐《な》めた。

百年以上もの大戦で培《つちか》ってきた星霊使いの知恵《ちえ》と執念《しゅうねん》を——

「持っていないわけがない」

少女が自らスカートをたくし上げた。

白い太ももが露《あら》わになるほど大胆《だいたん》にめくられた生地の裏側には、砂の入ったガラス瓶《びん》が、何十個も連なる景観。

それが。

美しいほどの連鎖《れんさ》的な音色を響《ひび》かせて、次々と燐の足下で砕けていく。

——魔天使が見とれるほどに。

ある種の芸術、ある種の手品めいた流麗《りゅうれい》さで。

「一瓶50グラム相当。二十本でちょうど砂一キロでしかないが」

砂が浮《う》かび上がった。

土の星霊使《せいれいつか》い、燐・ヴィスポーズの星霊エネルギーに触れた砂が、その掌《てのひら》のうえで形を変えていく。

砂の短刀《マチエット》へ。

「貴様の翼を毟《むし》るにはちょうどいい」

『……愛しい』

蕩《とろ》けたようなまなざしで。

ヒトならざる怪物《かいぶつ》が、眼下の少女をじっとりと見下ろした。

『中々どうして掘《ほ》り出しものの魔女じゃないか。王女《シスベル》の救出にやってきた刺客《しかく》だとすれば、噂《うわさ》にきく王家の専属護衛「王宮守護星」かい？』

「答える気はない」

『調べる時間は無限にある。問題ないよ』

砂漠《さばく》の砂のごとき無感情のまなざしで、燐。

敵意を隠《かく》さぬ少女に、人ならざる天使はますます嬉《うれ》しそうに唇《くちびる》をつりあげた。

『シスベルに加えて、上物の魔女がもう一体』

「言ってろ」

大ホールに足音を響かせて、燐が全力で床を蹴《け》る。

爆発的な脚力《きゃくりょく》で。

「大地の刃《やいば》よ」

『来たれ星炎《せいえん》』

魔女と魔天使の声が、重なった。

ぼっ、と空気が弾《はじ》ける音。

魔天使ケルヴィナの全身から、太陽の熱波のごとく紫色《むらさきいろ》の炎が噴《ふ》きだした。全速力で距《きょ》離《り》を詰《つ》める燐は止まれない。

『菫色の小惑星《ヴァイオレット・ベルト》』

菫色《すみれいろ》の炎が渦巻《うずま》いて、燐を呑《の》みこむほどの火球へと膨《ふく》れあがる。

「ちっ」

眼前に迫る火球を見上げて燐が舌打ち。

その直後、少女が加速した——床までつく長さだった余分なスカートの裾《すそ》を引きちぎり、太ももが露わになるミニスカートへ。

『それがお前の戦闘服《せんとう》か』

「趣味《しゅみ》で着てると思ったか？」

床《ゆか》すれすれに身を屈《かが》めて炎をかいくぐり、ケルヴィナの眼前へ。

狙《ねら》うは胸の中心部。

短刀《マチエット》の先端《せんたん》がケルヴィナの胸に突《つ》き刺《さ》さった。イスカさえ半ばそう認識した。

——掻き消えた。

何の前触《まえぶ》れもなく。

燐が突き出した刃が虚空《こくう》をえぐる。そこに怪物の姿はなかった。

『これが真髄《しんずい》』

「……バカなっ⁉」

『私が天使を名乗った理由だよ』

魔天使は、燐の頭上にいた。

どうやって移動した？

その一部始終に、遠目で見ていたイスカさえ背筋が凍《こご》えた。見えなかっただけではない。感じ取れなかったのだ。

……音も気配も、風の動きもまるでなかった。

……突然《とつぜん》現れて突然消える。星霊とまったく同じ転移現象まで備えてるのか⁉

空間転移の星霊術とも違《ちが》う。

いまの転移は星霊使いの力ではない。星霊の現象だ。

――物理法則の超越《ちょうえつ》。

それは人間には決して届かない高次領域だ。まさしく神話の「天使」であると、ケルヴィナが自らを称《しょう》した理由をイスカは悟《さと》った。

『まず一体』

「ぐっ⁉」

歪《いびつ》な翼《つばさ》が、燐の脳天めがけて振り下ろされる。

断頭台《ギロチン》のごとく落ちてくる翼――その刹那《せつな》のタイミングで、燐の短刀《マチエット》が瞬《また》く間《ま》に砂に戻《もど》り、「盾《たて》」となって再結合。

翼を受けとめる。

『いい構築速度だ。ますます気に入った』

愛しささえ感じさせる口ぶりの魔天使《まてんし》。

燐が構えた盾を、翼一枚で軽々と押しつけながら。

『骨と肉が多少潰《つぶ》れてしまっても被検体《ひけんたい》には問題ない。安心して潰れるといい』

「……バケモノが……」

盾を構えた燐が歯を食いしばる。

全力で押し返しているはずなのに、鋼鉄の壁《かべ》を押しているかのようにビクともしない。

「この、バカげた怪力《かいりき》……どこまで人間をやめれば気が済む！」

『褒《ほ》め言葉だ』

「……そうか。ならば人間と思って容赦《ようしゃ》するのはやめだ」

砂の盾が破裂《はれつ》した。

燐の手元で鞭《むち》となった砂が、ケルヴィナの翼に絡《から》みつく。

「捕《と》らえれば転移はできまい」

『なに』

「やれイスカ！」

燐が吼《ほ》える。

それより先に、イスカは魔天使めがけて一直線に距離をつめていた。

——星剣《せいけん》ならば斬《き》れる。

魔女《まじょ》ヴィソワーズとの死闘《しとう》で実証済みだ。

『ちっ』

魔天使ケルヴィナが垣間見《かいまみ》せた、初めての狼狽《ろうばい》。

砂の鞭に翼を搦《から》めとられながらも背後に振り向いて、イスカめがけて手を向ける。

『貴重なサンプルを失うのは惜《お》しいが、炭と化せ』

燃えさかる星炎が、弾けた。

無数の火の粉として分裂《ぶんれつ》した火球が宙へと上昇《じょうしょう》し、そして驟雨《しゅうう》のごとくイスカめがけて落下してきた。

『お前の右腕《みぎうで》は——なにっ』

ケルヴィナの咆吼《ほうこう》を突っ切って、ただ「前」に出る。

大ホールを菫色《すみれいろ》に染める火球の軌道《きどう》を一瞥《いちべつ》し、イスカは星剣を振りあげた。

「はっ！」

真っ先に振りそそぐ星炎を切断し、続けざまに次の火球を薙《な》ぎはらう。斜《なな》め上からの炎をかわして、後方の床すれすれから迫《せま》る炎を寸分違《すんぶんたが》わぬ精度で両断。

左手に握った黒の星剣で。

……やっぱりだ。

……ケルヴィナ、お前の本質は何も変わってない！

どんなに高次のものへ変貌《へんぼう》しようと、根本にある癖《くせ》や思考は「研究者」。

使徒聖ともなれば、誰《だれ》もが両手を利《き》き腕《うで》同然に使いこなす。常人が想像つかない修練で身につけた技能としてだ。

最後の一歩。

剣の間合いに魔天使ケルヴィナを捉《とら》える、その最後の踏《ふ》みこみで——

『美しい』

ヒトならざるものが微笑《ほほえ》んだ。

『やはり使徒聖はすばらしい。その修羅《しゅら》のごとき戦闘技術。直感ながらの確実な生存判断。まさに超人《ちょうじん》というべき兵だ』

「……何を」

『だが天使には及《およ》ばない』

魔天使の全身が輝《かがや》いた。

星炎があふれ出すのとは違う。宝石めいた半透明《はんとうめい》の肉体が、真珠《しんじゅ》のように煌《きら》めいて——

そして弾けた。

千々の光の粒子《りゅうし》となり、虚空に溶《と》けるように消えてしまう。

……破裂した⁉

……自爆《じばく》⁉　いや、だけど威力《いりょく》が弱すぎる。

あれほど強大な力の大爆発《ばくはつ》なら、この大ホールが木《こ》っ端微塵《ぱみじん》に消し飛んでも不思議ではないはず。

違和感《いわかん》を超《こ》えた、悪寒。

それが燐の咆吼によって実体化した。

「イスカ、後ろだ！」

何が。

とは一切考えなかった。燐が目を見開いて叫《さけ》んだ。その事実こそが何よりも明確に、頭上から迫る「死」の脅威《きょうい》を伝えてきた。

——閃光《せんこう》。

身を投げ出したイスカの首筋を、極大の星霊エネルギーがかすめていった。

〇・一秒。

跳《と》ぶのを躊躇《ためら》っていれば首から上が消えていただろう。

『発想《アイディア》は及第《きゅうだい》点だ。土の魔女』

振《ふ》り向いたイスカの頭上で、何千何万という真珠色の光が再結合していく。

歪《いびつ》な翼を羽ばたかせる魔天使の肉体へ。

『土の星霊術《せいれいじゅつ》で摑《つか》んでしまえば、私に光転移《リープ》させず捕らえられるのでは？　そのとおりだ。お前の操る土には星霊《せいれい》エネルギーが含《ふく》まれているからね。私の肉体を捕らえられる唯一《ゆいいつ》の網《あみ》といえるだろう』

完全なる再臨。

光の粒子となって完全消失したものが、イスカの背後でみるみると再結合していく。

燐が叫ぶまで微塵《みじん》も気配を感じなかった。

……やっぱりだ。

……こいつの空間跳躍《テレポート》は無気配無挙動。人間《ぼく》の五感じゃ知覚できない！

初めてだ。

ここまで容易《たやす》く自分が後ろを取られた戦闘は。

『残念だね魔女。お前の操る土の不足だよ。たかだか千グラムに込めた星霊《せいれい》エネルギーでは、私を縛《しば》る網には至らなかった』

「……っ！」

燐が表情を歪《ゆが》ませた。

今この瞬間《しゅんかん》に、イスカと燐は、この怪物《かいぶつ》の真の「異質さ」を理解した。

人間を相手にしている気がしない。

殲滅物体《オブジェクト》のような機械とも違う。

星霊を相手にしているのだ。自分たちは。

『いい表情だよ魔女、そして元使徒聖イスカ。理解したようだね。人間《おまえたち》の力は、魔天使《わたし》に決して届かない。格の違いじゃない。器《うつわ》の違いだ』

魔天使ケルヴィナが両手を広げた。

翼を構成する無数の突起物《タレット》から、禍々《まがまが》しき星霊光があふれ出す。

——消滅《しょうめつ》。

一切の音も気配もなく。

「くそ、次はど……」

『お前の後ろだよ魔女』

鈍《にぶ》い音。

イスカが声を上げる間もない。魔天使ケルヴィナの翼になぎ払《はら》われた少女が、あたかも紙細工のように宙を舞《ま》う。

「燐っっ！」

「…………………っ……」

コンクリートの床へと背中から墜落《ついらく》。

全身を痙攣《けいれん》させて、少女が声にならない悲鳴を上げた。

「燐っっ！」

咄嗟《とっさ》に踏みだしかけた足で、イスカはその場の床《ゆか》を思いきり踏みつけた。

方向転換《てんかん》。

燐をなぎ払った怪物へと、ただまっすぐに走りだす。

『見捨てたか。魔女を見捨てるのはいかにも帝国人《ていこく》らしい――』

「九秒」

『ッ⁉』

「お前が光転移《リープ》と呼んだ術の時間制限《インターバル》だ。違うか？」

九秒ごとに反応不可能の空間跳躍《テレポート》を発動できる。発動されれば、この接近を感知できる者はいないだろう。

……次に発動されたら僕だって躱《かわ》せない。

……今しか無いんだ！

燐にかけつける時間はない。この九秒で仕留める。

『だがあと五秒』

ヒトをやめた者からの嘲笑《ちょうしょう》。

『私を捕らえられると？』

「僕じゃない」

躊躇《ちゅうちょ》なく踏みこむ。

天井《てんじょう》すれすれまで浮上《ふじょう》していく魔天使《まてんし》めがけ、イスカは左手の星剣に力をこめた。

「燐だ」

ミシッ
魔天使ケルヴィナの真横の壁に、亀裂《きれつ》が走り――

コンクリート壁《へき》を破壊《はかい》して、土の巨人像《ゴーレム》が飛びだした。

宙の魔天使にのしかかり羽交《はが》い締《じ》めにする。その一部始終までわずか一秒。

巨人像《ゴーレム》の襲撃《しゅうげき》。

『巨人像《ゴーレム》だとっ⁉』

ケルヴィナにとってすべてが想定外だったことだろう。

魔女《リン》は昏倒《こんとう》している。

彼女の命令がなければ巨人像《ゴーレム》は動かない。それ以前に、いつ巨人像《ゴーレム》のような大物を――

「最初からだ」

左手に剣《けん》を握りしめて。

イスカは、星の上位存在たる怪物へと跳んだ。

「館の外でずっと待機させてた巨人像《ゴーレム》だ」

『ッ⁉』

「土があれば何でもできる。この戦闘《せんとう》が始まった時点で、燐は地下までやってくるよう巨人像《ゴーレム》に命令を出してたんだよ」

そして薄壁《うすかべ》一枚を隔《へだ》てて待機させていた。

魔天使ケルヴィナが最接近した瞬間に、壁を壊《こわ》して奇襲《きしゅう》するための機を狙《ねら》っていた。

……制限時間は九秒。

……倒《たお》すんじゃない。捕《と》らえることさえできればよかった。

巨人像《ゴーレム》という網へ。

自分《イスカ》は、その網へ追いこむだけでよかった。

『まさか』

狂科学者が目を見開いた。

ようやく悟《さと》ったのだ。無敵の光転移《リープ》までのあと五秒を稼《かせ》ぐため、イスカの接近を嫌《きら》って遠ざかろうと飛び退《の》いた。

この時点で詰《つ》み。

イスカから逃《に》げるつもりが、巨人像《ゴーレム》の隠《かく》れる壁際《かべぎわ》に追いこまれていたのだ。

——九秒経過。

魔天使は、切り札である空間跳躍《テレポート》が使えない。

土のゴーレムという巨大《きょだい》な星霊エネルギーの網に押さえつけられ、術の発動そのものを阻害《そがい》されているからだ。

「一つ忠告だ。同じ帝国人だった者として」

『……ばかなっ』

「星霊使いの執念《しゅうねん》を舐《な》めるな。帝国軍で最初に教わる事項《こと》だ」

黒の剣閃。

イスカが左腕《ひだりうで》で振るった一刀が、魔天使ケルヴィナの翼《つばさ》を切《き》り裂《さ》いた。

『————ッ』

落ちていく。

翼をもがれて制御《せいぎょ》を失い、巨人像《ゴーレム》に全身を拘束《こうそく》されたまま。

魔天使ケルヴィナは機械炉《ろ》のガラス蓋《ふた》を突《つ》き破《やぶ》り、炉の内部へと墜落した。

轟《ごう》ッ！

機械炉から星霊エネルギーが噴《ふ》きだした。

一基だけではない。

ケルヴィナが転落した機械炉の両隣《りょうどなり》の炉も、まるで火山が連鎖《れんさ》するような猛々《たけだけ》しさで、猛烈《もうれつ》な光を放出し始めたではないか。

「……共鳴、している……!?」

地響《じひび》きのなか、うつ伏《ぶ》せに倒れていた燐が顔を上げた。

「……囚《とら》われていた星霊たちが、解放されようとしている……のか……」

人間だけではなかったのだ。

この禁じられた研究室に囚われていた星霊が、解放された。

＝＝＝

魔女《まじょ》の生まれる館『エルザの棺《ひつぎ》』。

地上一階・東側前——

すべての窓が塞《ふさ》がれた無明のフロアに、第九〇七部隊の声が立て続けにこだました。

「シスベルさん早く！」

「ジン兄ちゃん、銃《じゅう》は!?」

「だめだ、こいつら銃が効かねぇ。弾丸《だんがん》がすり抜《ぬ》けやがる……とにかく走れ！」

自分が、館のどこを走っているのかもわからない。

先を行く音々とミスミス隊長の声を頼《たよ》りに、すぐ後ろにいるジンの怒号《どごう》に背中を押され、シスベルは無我夢中で走り続けた。

「ジン！　何とかならないのですか……」

「さっき試したろうが。弾丸がすり抜けるバケモンにどうやって銃で立ち向かうんだよ。逃げるのが最善手だ」

「……まって、この音は」

キイイイイッツ

ガラスを擦《こす》るような耳障《みみざわ》りな音色。シスベルが振《ふ》り返った目の前――コンクリート壁が、菫色《すみれいろ》に輝《かがや》きながらドロドロに溶《と》けだしたではないか。

「か、壁の向こうに!?　先回りされたのですか！」

「屈《かが》め！」

「……きゃっ！」

銀髪《ぎんぱつ》の青年に押《お》し倒される。

床に転がるシスベルが見たものは、コンクリート壁を紙切れのように吹《ふ》き飛ばす猛烈な爆炎《ばくえん》と、濛々《もうもう》と立ちこめる粉塵《ふんじん》。

その煙《けむり》の奥から、淡《あわ》い星霊《せいれい》エネルギーの人型が浮《う》かび上がった。

幽霊《ゴースト》めいた不気味な発光体が。

「……人造星霊《ペット》！」

星霊のような光を放つ怪物《かいぶつ》だ。

地下の研究室から放たれて、延々と自分たちを追跡《ついせき》してくる。銃が効かない以上、今は逃げるしか手立てがない。

「こっち！　こっちだよシスベルさん、ジン君！」

ミスミス隊長が通路の向こうから手招き。

もうどれだけ走ってきたことだろう。慣れない全力疾走《しっそう》で脇腹《わきばら》もズキズキと痛むが、それでも命には代えられない。

……イスカも燐も、まだこちらに合流する気配がないし。

……あの狂科学者との戦いはどうなったのですか。

通路の陰《かげ》に身を寄せる。

「はぁ……っ……ぁ……」

「シスベルさん、だいじょうぶ？」

「は、はい……」

動悸《どうき》のせいで胸が張《は》り裂けそうに痛い。

音々の言葉に、かろうじて頷《うなず》くだけで精一杯《せいいっぱい》だ。

……でも収穫《しゅうかく》はありましたわ。

……魔女ヴィソワーズも殲滅物体《オブジェクト》の核《コア》も、ようやく正体がわかったのだから。

禁断の研究がなされていたのだ。

自分を襲《おそ》ってきた怪物たち。それが帝国で研究されていた成果物であるとわかった以上、何としてでも女王《はは》に伝えなくてはなるまい。

一方で、新たな謎《なぞ》もある。

狂科学者《ケルヴィナ》が呪文《じゅもん》のように頻繁《ひんぱん》に唱えていた「アレ」という存在《キーワード》だ。

〝星の民が『大星災《だいせいさい》』と呼び畏《おそ》れたもの。星霊と似て非なるものでね〟

〝星脈噴出泉《ボルテックス》を通じて星の中枢《ちゅうすう》から浮上してくる〟

星の民？　大星災？

なんだそれは。灯《ともしび》の星霊でネビュリス皇庁《おうちょう》の会話をずっと盗聴《とうちょう》してきた自分《シスベル》さえ、そんな単語は聞いたことがない。

と。

『…………ミツケタ』

足下から。

おぞましき呪詛《じゅそ》のような呟《つぶや》きが伝ってきた瞬間《しゅんかん》、シスベルは全身が総毛立った。

──足首に何かが触《ふ》れる。

そう察した途端《とたん》、とてつもない力に足首を握《にぎ》り摑《つか》まれた。幽霊のように淡い光の人型が、埃《ほこり》の積もった床《ゆか》から頭部だけを覗《のぞ》かせていたのだ。

……そんな⁉

……地下の研究室から、床をすり抜けて一階まで直接浮上してきた⁉

捕《つか》まった。

そう悟った時にはすべてが遅《おそ》かった。

「シスベルさん⁉」

「くそ！　こいつ、離《はな》しやがれ！」

ジンの銃弾《じゅうだん》も、音々の電気銃も通じない。

コンクリートの床から頭と腕《うで》だけを覗かせた人造星霊《ペット》が、自分の足を摑んだまま徐々《じょじょ》に強く発光していく。

『星体分解砲《ライフ・フォーム・インテグラ》』

「っ！」

シスベルの脳裏をよぎったものは、独立国家《アルサミラ》で見た紅蓮《ぐれん》の惨状《さんじょう》。

すべてを焼き払《はら》う極大の閃光《せんこう》。そんなものがここで撃《う》たれたら、直撃《ちょくげき》せずとも人間など熱波に焼かれて跡形《あとかた》もなく消し飛ぶだろう。

「……もういいです！　わたくしはいいから、みんな逃げて！」

そう叫《さけ》んだ。

この土壇場《どたんば》で、どうしてこんな言葉が喉《のど》を突いて出たかは自分でもわからない。

──帝国人《ていこく》は敵だ。

帝国人の命なんて、ガムの包み紙一枚ほどの価値もない。せいぜい人質に利用するだけ。

ネビュリス皇庁の姫《ひめ》たる自分は、長年そう教わってきたはずなのに。

今もそう。

護衛として価値のある元使徒聖《イスカ》だけが特別なのだ。

この部隊のほか三人なんてどうでもいいと……そう思っていたはずなのに。

「もう十分です！　だからもう……！」

禍々《まがまが》しい光が集束する。

すべてを塵《ちり》と化す破壊《はかい》の光が放たれて――

Seu sia lukia Sec kamyu. Sera lu E lukia Ses qelno.《あなたにわたしの記憶を見せる。だからわたしに未来を見せて。》

地下の炉から解放された星霊エネルギーが。

何十何百という連なる淡い輝きが、今まさに放たれた星体分解砲《ライフ・フォーム・インテグラ》の閃光を消し飛ばした。

星霊の光が、人造星霊《ペット》ごとその光を押し流していく。

「…………え？」

シスベルには想像もつかない。

今まさに地下の大ホールで、イスカと燐とが機械炉を破壊した瞬間だったということなど知るよしもない。

「……わたくし……助かったのですか……？」

シスベルが呆然《ぼうぜん》と見上げるなか。

屋根を突き破って噴き上がった星霊光が、虹《にじ》のような煌《きら》めきを残して、はるか蒼穹《そうきゅう》へと消えていった。

3

火と、光と、地底をゆるがす鳴動と——

まるで星脈噴出泉《ボルテックス》の中。

神々しささえ感じるほどの膨大《ぼうだい》な星霊エネルギーが渦巻《うずま》く、地下の大ホール。

色鮮《いろあざ》やかな極彩色《ごくさいしき》の気流に包まれながら。

「……お前っ⁉」

イスカは、思わず声を上げていた。

拉《ひしゃ》げた機械炉《ろ》に落下した魔天使《まてんし》ケルヴィナが、翼《つばさ》を失いながらも這《は》い上がってきたのだ。

ただし。

自分《イスカ》が目を疑ったのは「敵が起き上がってきた」ことではない。

「その身体《からだ》は……」

『なに、すべて予想どおりだよ』

機械炉から這い上がったケルヴィナの肉体は、全身が罅《ひび》割れていた。

透《す》きとおった宝石のような肉体。

あらゆる物理干渉《かんしょう》を受けつけないという、まさしく高次元の存在が、星霊エネルギーの気流のなかで崩《くず》れだしていたのだ。

風に吹かれた砂の城のように。

『魔天使《わたし》や魔女《ヴィソワーズ》にある「アレ」の因子は、この星の星霊とは相容《あいい》れない属性だ。水と火のようなものだね。だから大量の星霊エネルギーを浴びてしまえば……こうして、私の肉体が拒絶《きょぜつ》反応を起こしてしまう……』

「―――」

『人間《おまえ》には無害な星霊エネルギーも、私にとっては猛毒《もうどく》なのだよ』

フォン……と。

微震《びしん》を繰《く》り返《かえ》していた機械炉が、糸が切れたかのように停止。それを可笑《おか》しそうに眺《なが》め、人間だったものが肩《かた》をすくめてみせた。

『だから戦闘《せんとう》中も、この機械炉だけは損傷させないよう細心していた。やるじゃないか。よりによって私を機械炉に突《つ》き落とすだなんて』

「……いや」

イスカとて狙《ねら》ってはいない。

狙ったのは巨人像《ゴーレム》との連係のみ。それ以上の事を狙う余裕《よゆう》などなかった。

「偶然《ぐうぜん》だ」

『……私の一番嫌《きら》いな言葉だね。非科学的で他力本願で、何より気品がない』

狂科学者が唇《くちびる》の端《はし》をつりあげた。

とても愉快《ゆかい》そうに。

『せめてイリーティアと同じく、「これが星の意思ですわ」と。それくらい詩的に謳《うた》ったらどうだい？』

「……イリーティア」

『偶然という言葉は嫌いだが、星の意思ならば確実に存在する。このように』

砂のように崩れていく肉体で。

魔天使ケルヴィナが、唯一《ゆいいつ》動く首で宙を見上げた。

──渦巻く光の気流。

赤、青、緑、白、黄色。

幻想《げんそう》的に煌めく星霊《せいれい》エネルギーが渦巻いている。猛毒と喩《たと》えておきながら、狂科学者はそれを心地よさそうに眺めていた。

『星霊の歌を聴《き》く。百億の星々に授けられた神なる歌だと』

「っ？」

『彼女《イリーティア》はそう言っていた。自分は聞こえるようになったと。私には聞こえなかったが、星の中枢にたどり着けば、こんな私でも――そう思っていたんだがね……』

深く、深く息を吐《は》く。

ヒトであった頃《ころ》の名残として。

『なあナザリエルよ、星の中枢……「百億の星の都《レイネンヘーベ》」にたどり着くことは叶わなかったが、これも大いなる意思ならばしょうがない』

「っ!? 待てケルヴィナ!」

『星の気まぐれが許すなら、いつか再び巡《めぐ》り会いたいものだね』

ぼっ、と。

崩れた魔天使の肉体が、菫色《すみれいろ》の星炎《せいえん》に包まれた。あまりに唐突《とうとつ》で、イスカが声を上げることしかできないままに――

『私は醜《みにく》い蛾《が》だからね。美しい蝶々《ちょうちょう》とは相容れないものなのさ』

禁忌《きんき》に触れた狂科学者は、炎の光のなかに消えていった。

Chapter.7　『天の上、天の下、ただ我のみ尊し』

1

帝都《ていと》の地下五千メートル。

帝国軍の中央基地に用意された巨大昇降機《エレベーター》を経由することでのみ、最高意思決定機関たる帝国議会に到達《とうたつ》できる。

――閉会時間。

数百人の議員で埋《う》めつくされるこの議会場も、今は閑散《かんさん》と静まりかえっている。

八人の、最高幹部を除いては。

『ケルヴィナからの信号が途絶《とだ》えた』

『さらに魔女《まじょ》の姫シスベルが脱走《だっそう》。貴重な純血種を失い、多くの人造星霊《ペット》と研究資料も、星霊エネルギーの噴出《ふんしゅつ》に巻きこまれて消滅《しょうめつ》………か』

壁《かべ》のモニターから次々と漏《も》れる、落胆《らくたん》の息。

それは八大使徒が、ほぼ百年ぶりに経験する「ため息」だった。

『黒鋼の後継《こうけい》。泳がせすぎたか』

『クロスウェルの後継だ。そうそう容易《たやす》く制御《せいぎょ》できるとは思わなかったが、見事なまでにこちらの思惑《おもわく》を裏切ってくれた』

『そうね。氷禍《ひょうか》の魔女を捕《と》らえてこいという命令で終えておくのが正解だったわ』

一年前の魔女脱獄《だつごく》事件――

獄中《ごくちゅう》の元使徒聖イスカを「利用できる」と判断したのが、そもそもの始まりだ。

〝君に、自分の為《な》すべきことをしてもらう。それは――〟

〝氷禍の魔女を拘束《こうそく》すること〟

なぜ「拘束」を求めたか。

人質にするのが狙いではない。

帝国軍の脅威《きょうい》だから排除《はいじょ》したいわけでもない。

ケルヴィナの実験に必要だから捕獲したかったのだ。

『長女《イリーティア》は被検体《ひけんたい》として危険すぎた。三女《シスベル》は一年前に脱獄《だつごく》……』

『かわりの純血種として次女アリスリーゼを捕らえることができていれば、新たな被検体として申し分なかったが……』

仮の未来として——

ネウルカの樹海で。

イスカが氷禍の魔女との初戦で勝利していれば、新たな被検体《アリスリーゼ》が「魔女の生まれる地」に送られていたはずだった。

『黒鋼の後継は知りすぎた』

『第九〇七部隊のほか三名はどうする？』

『消すのは彼一人で十分でしょう。一部隊丸々が消えるとなると、さすがに帝国司令部《ていこく》も動きだすかもしれないわ』

『では速《すみ》やかに執《と》り行うとしよう。天帝《てんてい》に気づかれぬうちに』

拍手《はくしゅ》が鳴《な》り響《ひび》く。

がらんと静まる議会場に、他の議員の誰《だれ》にも知られることなく、いま一つの議題が採択《さいたく》された。

『元使徒聖イスカを処断する』

2

魔女の生まれる地——

星霊《せいれい》研究所の扉《とびら》から脱出《だっしゅつ》した二人を見て、シスベルが目を輝《かがや》かせた。

「イスカ！　それに燐《リン》も！　無事だったのですね！」

「いろいろ際どかったよ。僕も、燐がいなかったらどうなってたことか」

「……お互《たが》い様《さま》だ」

イスカに背負われていた燐が立ち上がる。

むすっと口を尖《とが》らせた、不満げな顔で。

「だがお前は無傷同然なのに、この私だけが殴《なぐ》られ損なのか……痛っ」

「燐!?」

「……いえ、失礼しましたシスベル様。私はなんら差し障《さわ》りありません」

「とても痛そうですが」

「後ほど手当てします」

シスベルの前で姿勢を正す燐。

その左頬《ひだりほほ》が真っ青に腫《は》れあがり、肩から脇《わき》にかけての服も擦《す》りきれている。見るからに痛々しいのが丸わかりだ。

「僕らもだけど、隊長たちも無事で何よりです」

「ううん、イスカ君が無事でよかったよ。アタシたちは逃《に》げただけだもん。……あ、途中《とちゅう》であの不気味な幽霊《ゆうれい》みたいなのに捕《つか》まったんだけど」

「情報交換《こうかん》は後だ。さっさと退くぞ」

銃《じゅう》のケースを肩にひっかけたジンが、目線だけで廃墟《はいきょ》の屋根を指し示した。

大小無数の穴。

地下から星霊エネルギーが噴《ふ》きだした痕《あと》である。

「あれだけ派手に星霊光が放出されたんだ。この敷地《しきち》の外に目撃《もくげき》者の一人や二人必ずいる。俺らが見つかったら怪《あや》しまれるだけだ。塀《へい》の外まで走れ」

「ちょ、ちょっと！　まだ走るのですか!?」

一目散に走りだしたジンと隊長と音々《ネネ》。

そんな三人に置いていかれぬようシスベルも懸命《けんめい》に走りだす。否《いや》。走りだそうと片足を上げた刹那《せつな》――

きらり、と細い光の糸が虚空《こくう》に生まれた。

髪《かみ》の毛よりも細い。

空気に透《す》けるほどか細い光の糸が、獲物《えもの》に襲《おそ》いかかるようにシスベルの首筋へ。

――シスベル自身は狙われたことに気づかない。

――走って行く仲間を見ていたイスカは、察知が一手遅《おく》れる。

反応できたのは。

唯一、シスベルから目を離《はな》さずにいた皇庁《おうちょう》の従者ただ一人。

「シスベル様！」

「え⁉………燐っっっ⁉」

王女の悲鳴。

自分を突《つ》き飛《と》ばした燐が、虚空から突然《とつぜん》に生まれた光の糸に搦《から》め捕られたのだ。

蜘蛛《くも》の糸のように。

燐の腕《うで》や足をがんじがらめに、何重にも搦め捕って縛《しば》りつける。

「何だっ⁉」

「え……燐さん⁉　何あれは！」

背後の異状を察したジンと音々とミスミス隊長。その三人より早く、イスカは黒の星剣《せいけん》を鞘《さや》から抜《ぬ》き放っていた。

「燐、動くな！　すぐに――」

「はーいイスカっち。動いちゃだめなのは、そっちよん？」

足が、凍《こお》りついたように硬直《こうちょく》した。

言葉に従ったわけではない。空中にできた「扉」から現れた人物が、あまりに想定外であったことの衝撃《しょうげき》ゆえにだ。

「…………どうして……」

「ん？　何がかなイスカっち？」

「……どうして……あなたがここにいるんですか」

黒縁《くろぶち》のメガネの下で。

鋭利《えいり》な面立ちをした帝国軍の女幹部が、いたずらっぽく唇《くちびる》をつり上げた。

――璃洒《リシャ》・イン・エンパイア。

使徒聖第五席、天帝参謀《てんていさんぼう》として知られる者が。

「璃洒ちゃん⁉」

「やっほーミスミス、久しぶりだけど元気してた？」

声が裏返るほどに驚愕《きょうがく》するミスミスに、あっけらかんと手を振《ふ》る璃洒。もう片方の腕で、燐を絡めた星霊術《せいれいじゅつ》の糸を手繰《たぐ》り寄せながら。

「り、璃洒ちゃん、その光ってまさか……」

「ああこれ？　うん、星霊術よん。帝国軍の他のには秘密にしといてね」

「なっ⁉」

「そしてイスカっち」

使徒聖のまなざしが、再びこちらへ。

その怜悧《れいり》な双眸《そうぼう》が見つめる先は、自分《イスカ》が構えたままの黒の星剣だ。

「いつまでそうしてるのかな。剣を収めな？」

「…………」

「おやどうしたの？」

「……従います。そのかわり説明を願います」

剣を鞘へ。

捕らえられて身動きできずにいる燐。背後には、自分《イスカ》の背にぴたりとくっつきながらも身震《みぶる》いを抑《おさ》えきれないシスベル。

……何が起きたかわからないけど最悪だ。

……第九〇七部隊《ぼくら》が、こうして魔女《まじょ》二人と一緒《いっしょ》にいる場面を見られた。

それも使徒聖にだ。

国家反逆罪。自分たちは死刑《しけい》だろう。燐とシスベルも。それどころか彼女たちは死よりも恐《おそ》ろしい目に遭《あ》ってもおかしくない。

「率直にお尋《たず》ねします。僕らは処分されるんですか」

「いい質問だねイスカっち。ちゃんと立場をわきまえてる。帝国兵としての気持ちは捨てなさそうだね」

「…………」

「だから答えてあげる。イスカっち、ここは帝国だよ。生殺与奪《せいさつよだつ》の権利なんてウチにない。帝国兵を生かすも殺すも――」

璃洒が天を仰《あお》いだ。

その頭上で、再び光の扉が開いていく。

「天帝ユンメルンゲン閣下の、お心次第」

光の扉から、銀色の獣《けもの》が飛びだした。

猫《ねこ》のようにクルンと空中で一回転した獣が、璃洒の隣《となり》に軽やかに着地する。

「――という紹介《しょうかい》でいかがです、閣下」

『好きにするといいよ。他人からの紹介に興味はない』

銀色の獣が二足歩行で立ち上がった。

「しゃ、喋《しゃべ》った⁉」

『喋るのが人間だけだと思ったかい？……あ。この言い方じゃ色々と誤解を招くかもね。まあ構わないけど』

ミスミスを向く獣がクスッと笑んだ。

狐《きつね》のように立派な尾《お》と毛皮を持ちながら、顔立ちはまるで人間と猫の中間。子猫《こねこ》のように大きな瞳《ひとみ》は愛らしくもあり、同時に異様な不気味さを感じさせる。

狐？　猫？

いったいこの動物は何だというのか。

「……おい使徒聖殿《どの》」

慎重《しんちょう》な仕草でもって、ジンが、璃洒とその隣に立つ獣を見比べた。

「悪い冗談《じょうだん》はやめろ」

「んー？　何が冗談なのかなジンジン」

「天帝閣下ってのは、ごつい体格の髭面《ひげづら》のオヤジだろうが。帝国《ていこく》軍の基地にも年に一回はやってくる」

「ああ、それ影武者《かげむしゃ》。歴代で九人目かな」

「……何だと」

ジンが絶句。

「どういうことだ。あれが偽者《にせもの》だってのか！」

「うん。だってほら、本物の天帝閣下はこんなおちゃめな姿でしょ。帝国人に知られたら大騒《おおさわ》ぎになっちゃうし？」

あっさりと璃洒が頷《うなず》いてみせる。

「正真正銘《しょうしんしょうめい》、ウチの隣にいる御方《おかた》が『本物』だから」

「――――」

「おやまだ信じられない？」

「……当然だ」

璃洒のまなざしを正面から受けとめて、ジンがそう吐《は》き捨《す》てた。

「人間の言葉を話す珍獣《ちんじゅう》には驚《おどろ》いたが、いくら何でもアンタの話は無理がありすぎる……

俺たちは、こんな珍獣に仕えて帝国兵をやってたつもりはねぇぞ」

『だとしたら何だと思う？』

答えたのは銀色の獣人だ。

確かな知性を感じさせる双眸。口には鋭《するど》い牙《きば》を覗《のぞ》かせて。

『天帝参謀たる使徒聖《リシャ》を従える者が、天帝《てんてい》ユンメルンゲンをおいて他にいると思うのなら、その名前を挙げてごらん』

「……っ」

『だから光栄に思うといい。メルンが姿を明かすなんて滅多《めった》にないのだから』

もはや誰一人《だれひとり》として言葉を発さない。

星霊《せいれい》の糸に縛られて激しく抵抗《ていこう》していた燐さえも、我を忘れたかのように呆然《ぼうぜん》と獣人の言葉に耳を傾《かたむ》けていた。

イスカさえ、地面に立つ両足のふるえが抑えきれない。

……この獣が天帝だっていうのか。

……無茶だ。信じろっていう方が無茶すぎる！

自分の理性が受け入れることを拒《こば》んでいる。

だが、この獣が湛《たた》える並々ならぬ威圧感《いあっかん》はどうだ。臨戦態勢でもないというのに純血種かそれ以上。まるで始祖のような――

『ああ、お前がイスカか』

天帝の双眸が三日月のように笑んだ。

『クロスウェルの継承者だろう。星剣もってるし間違《まち》いないね』

「……なぜ師匠《ししょう》を!?」

『お前以上によく知ってる。そう、その話をしに来たんだよ』

ぽんと。

燐の頭を撫《な》でるように、手を置く獣人。

「――貴様っ！」

『おっ、元気な魔女だね。メルンに噛《か》みつく人間なんて久しぶりだし、退屈《たいくつ》しなそうだ。よしメルンは満足した。帰ろう璃洒』

「え、もうです？　この屋敷《やしき》を調べるのは？」

『第八席《ニュートン》に任せる。メルンはね、この魔女と遊ぶ方が優先度が高いのさ。ほら』

燐の首をひっつかむ。

少女の身体《からだ》を軽々と持ち上げた拍子《ひょうし》に、最後に視線を向けた先は――

『第三王女シスベル』

「な、なぜわたくしのことを⁉」

『帝都《ていと》で話そっか。お前にも関係ある話だから』

そして消えた。

光の扉《とびら》のなかへ、璃洒と燐を従えて。

『待ってるよ黒鋼の後継《こうけい》。この星の未来を決する話を、しよう』

Epilogue　『始まりの地』

1

数日前——

世界二大国の一つ。

魔女の楽園と呼ばれるネビュリス皇庁《おうちょう》の中心地に、星霊工学における世界有数の研究所が存在する。

——ヒュドラ学術院、星霊工学研究所『雪と太陽《スノウ・ザ・サン》』。

三王家「太陽《ヒュドラ》」の施設《しせつ》の一つ。

星の核《コア》から噴《ふ》きだす星霊エネルギーを、電気やガスに代わる第四次エネルギー革命として利用するための研究所である。

その敷地《しきち》から、数百メートルと離《はな》れていない雑木林で。

「ミゼルヒビィ・ヒュドラ・ネビュリス9世……なるほど。雪と太陽《スノウ・ザ・サン》を当主から任されるだけはある。いかにも純血種らしい仰々《ぎょうぎょう》しい星霊《ちから》だ」

白髪《しろかみ》の美丈夫《びじょうふ》が、前髪《まえがみ》を無造作に掻《か》き上げた。

凛々《りり》しい眉目《びもく》と彫《ほ》りの深い相貌《そうぼう》。自信と風格と男の色香《いろか》を滲《にじ》ませた佇《たたず》まいは、さながら舞台《ぶたい》に立つ超一流《ちょういちりゅう》の演者のよう。

その男が。

「いつまで寝《ね》ている気だ？」

地面に倒《たお》れた老人めがけて、呆《あき》れ混じりの声を発した。

「シュヴァルツ。ミラの教育係だった貴様がそんな耄碌《もうろく》で許されると思うのか」

「……女王陛下ではない……今は……そのご息女の従者だ」

よろよろと老人が起き上がる。

目の周りは深く窪《くぼ》み、頰《ほお》はごっそりと痩《や》せこけている。それもそのはず。ヒュドラ家に誘拐《ゆうかい》されて雪と太陽《スノウ・ザ・サン》の地下で長らく捕虜《ほりょ》になっていたばかり。

第三王女《シスベル》の従者、シュヴァルツ。

これだけ疲弊《ひへい》していても立ち上がれる気力は、さすがはシスベルが唯一《ゆいいつ》見込んだ従者と言うべきだろう。

「……サリンジャー。三十年ぶりか……この大悪党が」

木の幹に手をついて身体を支える老人。

息も絶え絶えながら、魔人《まじん》を見据《みす》えるまなざしはまるで臆《おく》した気配もない。

「貴様が……私を奴《やつ》らから解放したのか……」

「嫌がらせにな」

超越《ちょうえつ》の魔人として恐《おそ》れられる男が、真顔で答えた。

「太陽《ヒュドラ》は少々癪《しゃく》に障《さわ》るところがあった。なぜ貴様が雪と太陽《スノウ・ザ・サン》に捕《と》らえられていたのか知る気もないが、捕虜《おまえ》がいなくなれば太陽《ヒュドラ》には痛手であろう？」

ヒュドラ家は取り乱すだろう。

その程度の軽い思いつきだ。

「………………」

「どうした？　俺を睨《にら》む気力があるならさっさと王宮に戻《もど》ったらどうだ。この森も太陽《ヒュドラ》の刺《し》客《かく》がじき見張りに来るぞ」

「サリンジャー。貴様は……」

老人が、肩《かた》で息を繰《く》り返《かえ》す。

かつては女王ミラベアの教育係であり、いまは王女シスベルの従者である男が。

「私が忘れると思うか。貴様が、女王陛下を狙《ねら》って幾度《いくど》となく襲《おそ》いかかったことを」

「そうだな」

「……脱獄《だつごく》したのは、再び女王陛下を狙うためか」

「は？　頭まで耄碌したか」

白髪の偉丈夫《いじょうふ》が、大きくため息。

「なぜ俺があんな女に執着《しゅうちゃく》する必要がある？　くだらん。そんな戯言《たわごと》を抜《ぬ》かすより、少しは気の利《き》いた言葉を吐いたらどうだ」

「なに？」

「太陽《ヒュドラ》は何を企《たくら》んでいる」

従者の目を覗きこむ、魔人。

「王女ミゼルヒビィの管理する秘文が欲しかったが、あいにくそれは見つからなかった。奴らの人質になっていた貴様なら、何か聞いているだろう？」

「……あいにく。私が把握《はあく》している情報も一握《ひとにぎ》りだ」

「言ってみろ」

「太陽《ヒュドラ》は、帝国と繫《つな》がっている。軍事部門か星霊研究か。あるいはその両方でだ」

「なに？」

白髪の偉丈夫が、黙《だま》りこんだ。

もう興味は失せたとばかりに老人からそっぽを向いて、一人、腕組《うでぐ》みして宙を見つめる。

眉間《みけん》に皺《しわ》を寄せて。

「妙《みょう》だな。帝国《ていこく》軍がそこまで太陽《ヒュドラ》に与《くみ》するとは考えにくい。となれば……」

老人に背を向けて歩きだした。

「ユンメルンゲンか。それとも、帝国にまだ他の輩《やから》がいるとでも?」

2

帝国領、極東アルトリア管轄《かんかつ》区。

魔女《まじょ》の生まれる地――

「……わたくしが帝都に行きますわ!」

暗雲のようにたちこめる静寂《せいじゃく》を払《はら》ったのは、シスベルの一声だった。

自らを鼓舞《こぶ》するような気迫《きはく》でもって。

「燐《リン》を犠牲《ぎせい》にして皇庁に戻るなんて、アリスお姉さまに顔向けできません。わたくし自ら帝都に赴《おもむ》き、燐を取りもどすのが道理でしょう!」

「お前一人でか?」

「当然みんなの力でです！」

「……ごく自然に俺らも巻きこみやがって」

ジンが、溜《た》めていた息を吐《は》きだした。

険しいまなざしの少女を横目に、ある種の諦観《ていかん》じみた口ぶりで。

「天帝閣下《てんていかっか》からの直々の召集だ。行かなかったら俺ら全員反逆罪でお尋《たず》ね者か……素直に出頭したところで逮捕《たいほ》だろうがな」

「それについてだけど……」

ジンの言葉を継《つ》ぐかたちで、イスカは苦々しく口を開いた。

「僕も最初は覚悟《かくご》してたんだ。ここにいる全員が処刑《しょけい》されるんじゃないかって」

魔女である燐やシスベル。

その二人を帝国に招き入れたのが第九〇七部隊であることも、天帝と天帝参謀《さんぼう》に知られてしまった。

……その上で「帝都に来い」だなんて。

……自首して処刑されに来いって言ってるのと同義だ。そう思うに決まってる。

だが時間が経つにつれて。

その考えがわずかに変化してきた。

「僕の楽観的な考えだとは承知の上だけど……」

「言ってみろ」

「僕らがすぐに帝国の外に逃《に》げる。つまり亡命するってことを天帝は考えなかったのかな。中立都市でも何でもさ」

王女シスベルがいるのだ。

今の自分たちは、それこそ皇庁に亡命することも可能だろう。

「天帝は、あえて僕らを放置して消えた。本気で処罰《しょばつ》する気だったならこの場に帝国軍をけしかけていたはずだろ?」

「…………」

ジンが眉根《まゆね》を寄せる。

「処罰する気はなく、額面どおり帝都《ていと》に戻ってこいと言ってるだけだと?」

「……ア、アタシもそう思うの!」

押《お》し黙っていたミスミス隊長が、勢いよく手を上げて。

「アタシは天帝閣下が何を考えてるのかわからないけど、そのかわりね、ずっと別のことを思いだしてたの」

「何をだ」

「璃洒《リシャ》ちゃんの表情」

そう答える女隊長のまなざしには、自信にも似た力強さがあった。

「璃洒ちゃん、そんなに怒《おこ》った感じじゃない気がする……だってそうでしょ。アタシたちが皇庁と関わりを持ってた以上に、璃洒ちゃんが星霊術《せいれいじゅつ》を使ってたんだもん！　これはお互《たが》い様《さま》だよ！」

「なおさら口封《くちふう》じされる可能性もあるだろうが」

「……それはそうだけど。でも璃洒ちゃんの表情はそうじゃなかった！」

ミスミス隊長が、視線を横へ。

隣《となり》に立っている音々《ネネ》の顔を覗《のぞ》きこみ、促《うなが》すように頷《うなず》いた。

「音々ちゃんは？」

「……音々は、亡命するのも帝都に行くのもみんなに従うかな。でも音々だけ亡命しても、帝都のお父さんお母さんが心配かも」

音々が、重苦しいため息。

「あと今さらだけど、天帝があんな姿だったのが衝撃《しょうげき》かも」

「そ、そうだよね音々ちゃん！　アタシも頭真っ白だし……イスカ君は、使徒聖になった時に天帝閣下に会ってるよね」

「顔は見てないんです。謁見《えっけん》の時も薄《うす》いカーテンがかかってたから」

イスカも何一つ答えられない。

むしろこの場の誰《だれ》より衝撃を受けたのが、自分だったという自負すらある。

……使徒聖は、天帝のための兵だ。

……僕らが命をかけて守っていたのが、あんな人間離《ばな》れした怪物だなんて。

帝国が行っていた星霊《せいれい》研究もそう。故郷への愛着と信頼《しんらい》が、ガラガラと音を立てて崩《くず》れていきそうな喪失感《そうしつかん》さえある。

「いいえ、むしろ納得ですわ。あれが天帝ユンメルンゲンだとすれば」

「っ？」

全員が振《ふ》り向いた。

意を決した面持ちのシスベルへ。

「皆《みな》さん、先ほどのケルヴィナを思いだして下さい。魔女ヴィソワーズをあんな姿にしたのは自分だと言っていた。そして自らも人外の怪物《かいぶつ》に変貌《へんぼう》したでしょう」

「……シスベルさん」

音々が怖々《こわごわ》ながら口を開いた。

「あの天帝も同じだってこと？　星霊のエネルギーみたいなものを受けて、あんな身体《からだ》になっちゃった可能性があるって」

「だってそうでしょう」

シスベルが振り返る。

はるか西の空を見つめて。

「この世界で、最初に星霊が噴出《ふんしゅつ》したのは帝都だったではありませんか」

百年前——

世界最初の星脈噴出泉《ボルテックス》が発見されたことが、魔女と魔人《まじん》が生まれるすべての発端《ほったん》だった。

始祖ネビュリスの誕生もだ。

「でも始祖様だけではないとしたら？　天帝ユンメルンゲンも百年前に星霊エネルギーを浴びていたとしたらどうでしょう」

あの姿になった理由も説明できる。

さらに言えば、第二第三の天帝を作ること、あるいは天帝を元の姿に戻すための研究が、今のケルヴィナの研究に繋がったという仮定も組み立てられる。

「イスカ、わたくしたちにも関係するのですよ」

「え？」

「なぜこんな仮定をすぐ思いつくかというと、わたくしが一年前帝国に忍《しの》びこんだのは、それを調べたかったからなのです」

「……何だって？」

「純粋《じゅんすい》な知識欲《ちしきよく》ですわ。帝国をどうこうしてやろうという気持ちなんてありませんでした。ただ百年前の真相が知りたかったのです」

すべては「百年前の帝都」なのだ。

魔女と魔人が誕生し、帝国という超巨大国家《ちょうきょだいこっか》からネビュリス皇庁《おうちょう》が生まれた。

今にいたるすべての事象がそこで起きた。

「当時のわたくしの計画は頓挫《とんざ》しました。帝国に入ってすぐに捕《つか》まって牢獄《ろうごく》へ。その後にイスカに助けられるわけですが……でも今ならばできる気がするのです。いえ、この時をおいて他にありません！」

鮮《あざ》やかな髪《かみ》を振り乱して、少女が表情をひきしめた。

シスベル・ルゥ・ネビュリス９世——

過去を見通す灯《ともしび》の星霊を宿した魔女が、自らの胸に手をあてて。

「百年前に何が起きたのか。よりによって帝都で星霊エネルギーが噴出したことだって、わたくしには偶然《ぐうぜん》に思えないのです。なぜ帝都だったのか。間違《まちが》いなく、あの地にはまだ秘密があるはずなのです」

帝都に行けば——

シスベルの星霊ならば、百年前の光景をすべて再現できる。

「だから最初に申し上げたとおり、わたくしは帝都に向かいたいと思ったのです。なにせ天帝に名指しで『来い』と招かれたのならば」

己の胸に手をあてて。

ネビュリス皇庁の王女は、歌い上げるように宣誓《せんせい》した。

「燐を救出し、そして、最も古き世界の謎《なぞ》を解き明かしたいのです」

あとがき

世界の頂は、天帝《てんてい》をおいて他になし――

『キミと僕の最後の戦場、あるいは世界が始まる聖戦』（キミ戦）、９巻を手に取って頂きありがとうございます。

今巻のテーマは「ヒトならざるもの」。

星霊《せいれい》を宿したものが魔女《まじょ》魔人《まじん》として恐《おそ》れられるこの世界で、歴史の裏に潜《ひそ》んでいた真の意味で「ヒトならざるもの」たちが遂《つい》に表舞台《おもてぶたい》に上がってきました。

皇庁《おうちょう》では、月《ゾア》・太陽《ヒュドラ》がそれぞれ爪《つめ》を研《と》ぎ澄《す》まして。

帝国《ていこく》でも、強大な権力者たちによる激突《げきとつ》と競演が始まりつつある。

そんな新時代を象徴《しょうちょう》する『帝国禁断編』、開幕です！

――一方で。

いざこの9巻はというと、帝国観光中（？）の燐《リン》が色々あった末にイスカと密着したり、それを見たアリスが不機嫌《ふきげん》だったり、さらにはアリスの大事な録画《ビデオ》が女王《はは》に見つかったりして（※あのあと必死に取り返した）、7巻や8巻以上に賑《にぎ》やかで大騒《おおさわ》ぎだったお話になった気がします。

そしてシスベルも！

色々な意味でアリスがもっとも恐れる「妹」が、満を持して戦線復帰です。

次の舞台《ぶたい》となる帝都《ていと》に大物たちが勢揃《せいぞろ》い。もちろん皇庁に残っているアリスにも出番がしっかりあるので、次巻もどうかご期待くださいね！

さてさて、本編のお話はここまでにしつつ、お知らせを。

前回8巻で『キミ戦』のアニメ化決定をお知らせできました。それから9巻に至るまで、アニメの準備も着々と進んでます。細音《さざね》も脚本《きゃくほん》会議に参加させてもらったり、出来上がりつつある設定画などを見せてもらったり！　どれもが本当に素敵で、日に日に形になっていきつつあるアニメ化にワクワクする毎日です。

気になる方が多いであろうイスカやアリスをはじめとした声優さんも、今後続々と公開されますので、どうかお楽しみにです！

そして同時並行シリーズのことも——

MF文庫Jのお話もいよいよ佳境《かきょう》になってきまして、こちらの物語も応援《おうえん》して頂ければ嬉《うれ》しいです！
▼『なぜ僕の世界を誰《だれ》も覚えていないのか？』（『なぜ僕』）
小説8巻まで刊行中。漫画《まんが》版が月刊コミックアライブにて連載《れんさい》中ですが、その漫画版がすごく好調で、なんとフランス語版で出版決定です。

細音の歴代シリーズでもフランス語版は未体験だったので、これを機にこの物語がまた広まっていくといいなと。（日本語版のコミック1～5巻もぜひぜひ！）
▼『キミ戦』短編集のお知らせ！
そして次巻のお知らせです。

いよいよ帝国編に突入《とつにゅう》して大騒動《そうどう》の第10巻へ……の前に、一つ良きお知らせが。

現在、ファンタジア文庫の隔月《かくげつ》誌ドラゴンマガジン上で『キミ戦』短編を連載しているところですが、この『キミ戦』短編集が刊行決定です！

前々からたくさんの方に短編集リクエストを頂いていて、今回、遂にそれが叶《かな》うことになりました！

帝国《イスカ》と皇庁《アリス》——
せめぎ合う二大国の戦争のなか、イスカの帝都での日常風景やアリスの王宮生活など、『キミ戦』長編の「裏側」をぐっと掘《ほ》り下《さ》げる物語です。

▼『キミと僕の最後の戦場、あるいは世界が始まる聖戦 Secret File』
夏、刊行予定！

ドラゴンマガジン掲載《けいさい》の短編に加えて、『Secret File』にふさわしい特別書きおろし短編&エピローグも予定していますので、どうかお楽しみにです！


というわけで、あとがきも終盤《しゅうばん》です。

この9巻もたくさんの方にお力添《ちからぞ》えを頂きました。

——担当Yさま。

日々の原稿《げんこう》や施策《しさく》など、誰よりも『キミ戦』でお世話になっております。アニメ準備も着々と進んでいくなか、これからもどうぞよろしくお願いします！

——イラストレーターの猫鍋蒼《ねこなべあお》先生。

最高に格好いい燐の表紙、ありがとうございます！

今まで出番こそ多いものの補佐役《ほさ》に徹《てっ》してきた燐《リン》が、今回こそ内容&イラスト共に主役になれた9巻だったのではないかなと。
あと、本当はここにアニメスタッフの皆《みな》さまのお名前もすごく書きたいけど……それは、次のお楽しみに。

さてさて。
次回、『キミと僕の最後の戦場、あるいは世界が始まる聖戦』短編集。
剣士《けんし》イスカと魔《ま》女姫《じょひめ》アリスの物語——
二国の戦争、その「裏側」にあたる二人のエピソードを楽しんでもらえたら幸いです。

それでは——
夏の『キミ戦 Secret File』(短編集)で、お会いできますように。

春になりかけのお昼に　細音啓《けい》

次回予告

昔話をしてあげようか
あの始祖が、まだ帝都で暮らしていた少女の時代の。

突如現れた天帝ユンメルゲン。その言葉に従って、
イスカたちは帝都に向かう。
囚われの燐の救出へ。そして百年前の真実のため。
それに呼応するが如く、皇庁でも、女王代理となった
アリスに激動の選択が突きつけられて――

至高の魔女と最強の剣士の舞踏、第10幕。
古き星の禁断が、百年の眠りから放たれる。

短編集
「キミと僕の最後の戦場、
あるいは世界が
始まる聖戦 Secret File」
夏発売予定！

キミと僕の最後の戦場、
あるいは世界が始まる聖戦 10

お便りはこちらまで

〒一〇二―八一七七
ファンタジア文庫編集部気付
細音啓（様）宛
猫鍋蒼（様）宛

富士見ファンタジア文庫

キミと僕《ぼく》の最後《さいご》の戦場《せんじょう》、あるいは世界《せかい》が始《はじ》まる聖戦《せいせん》9

令和2年4月20日　初版発行
令和6年6月5日　3版発行

著者——細音《さざね》　啓《けい》

発行者——山下直久
発　行——株式会社KADOKAWA
〒102-8177
東京都千代田区富士見2-13-3
0570-002-301（ナビダイヤル）
印刷所——株式会社KADOKAWA
製本所——株式会社KADOKAWA

ISBN978-4-04-073182-7 C0193　◆◇◇

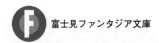

騙しあい。

各国がスパイによる戦争を繰り広げる世界。任務成功率100%、しかし性格に難ありの凄腕スパイ・クラウスは、死亡率九割を超える任務に、何故か未熟な7人の少女たちを招集するのだが──。

シリーズ
好評発売中！

ファンタジア文庫

世界最強の
“不可能任務”に挑む少女たちの
痛快スパイファンタジー！
スパイ教室
竹町
illustration
トマリ

ティナ
四大公爵家のひとつ、ハワード家に生まれた公女殿下。なぜか誰でも扱える程度の魔法すら使うことができない。
変える
はじめましょう
アレン
公爵令嬢ティナの家庭教師を務めることになった青年。魔法の知識・制御にかけては他の追随を許さない圧倒的な実力の持ち主。
発売中!

公女殿下の家庭教師

Tutor of the His Imperial Highness princess

あなたの世界を魔法の授業を

STORY 「浮遊魔法をあんな簡単に使う人を初めて見ました」「簡単ですから。みんなやろうとしないだけです」 社会の基準では測れない規格外の魔法技術を持ちながらも謙虚に生きる青年アレンが、恩師の頼みで家庭教師として指導することになったのは『魔法が使えない』公女殿下ティナ。誰もが諦めた少女の可能性を見捨てないアレンが教えるのは——「僕はこう考えます。魔法は人が魔力を操っているのではなく、精霊が力を貸してくれているだけのものだと」常識を破壊する魔法授業。導きの果て、ティナに封じられた謎をアレンが解き明かすとき、世界を革命し得る教師と生徒の伝説が始まる!

シリーズ好評

ファンタジア文庫

天上優夜《てんじょうゆうや》
異世界で
レベルアップした結果、
最強の身体能力を
手に入れた少年
この少年
すべてが
シリーズ好評発売中！

チートすぎる異世界でチート能力《スキル》を手にした俺は、現実世界をも無双する

～レベルアップは人生を変えた～

I got a cheat ability in a different world, and became extraordinary even in the real world.

著：美紅

イラスト：桑島黎音

幼い頃から酷い虐めを受けてきた少年が開いたのは『異世界への扉』だった！ 初めて異世界を訪れた者として、チート級の能力を手にした彼は、レベルアップを重ね……最強の身体能力を持った完全無欠な少年へと生まれ変わった！ 彼は、2つの世界を行き来できる扉を通して、現実世界にも旋風を巻き起こし——!? 異世界×現実世界。レベルアップした少年は2つの世界を無双する！

ファンタジア文庫

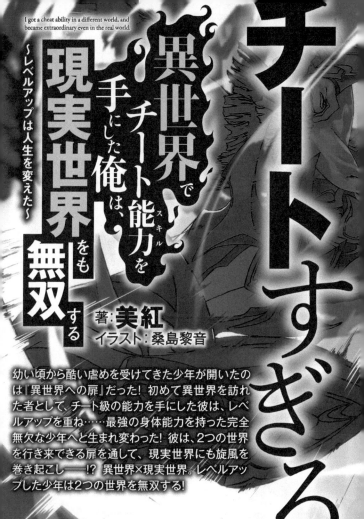

その剣《つるぎ》
WEBで圧倒的人気の剣戟無双ファンタジー!!
シリーズ好評発売中!!
月島秀一
illustration もきゅ
一億年ボタンを連打した俺は、
Ichiokunen Button wo Renda shita Oreha,Saikyo ni natteita
気付いたら最強になっていた
~落第剣士の学院無双~

STORY

周囲から『落第剣士』と蔑まれる少年アレン。彼はある日、剣術学院退学を賭けて同級生の天才剣士と決闘することになってしまう。勝ち目のない戦いに絶望する中、偶然アレンが手にしたのは『一億年ボタン』。それは「押せば一億年間、時の世界へ囚われる」呪われたボタンだった!?　しかし、それを逆手に取った彼は一億年ボタンを連打し、十数億年もの修業の果て、極限の剣技を身に付けていき——。最強の力を手にした落第剣士は今、世界へその名を轟かせる！

切り拓け！キミだけの王道
ファンタジア大賞
原稿募集中！
賞金
《大賞》300万円
《金賞》50万円
《銀賞》30万円
選考委員
細音啓 「キミと僕の最後の戦場、あるいは世界が始まる聖戦」
橘公司 「デート・ア・ライブ」
羊太郎 「ロクでなし魔術講師と禁忌教典《アカシックレコード》」
ファンタジア文庫編集長
前期締切 8月末日
後期締切 2月末日
公式サイトはこちら！ https://www.fantasiataisho.com/
イラスト／つなこ、猫鍋蒼、三嶋くろね